Nathalie SMADJA
À ma manière

Aux amazones, aux guerrières, aux femmes.

Pour tous les chagrins que je traîne,
J'ai mis mon cœur en quarantaine,
À ma manière.

DALIDA
Paroles de Sylvain Lebel,
Jean-Claude Jouhaud, Diane Juster

Titre original :
À ma manière

© 2022, Nathalie Smadja
Edition : BoD - Books on Demand
12/14 rond-point des Champs-Elysées, 75008 Paris
Impression : BoD - Books on Demand, Norderstedt, Allemagne
ISBN 9-782322-410026
Dépôt légal : Février 2022

SEPT HEURES TRENTE.

Rebecca allume la radio, se lève, met sa bouilloire en marche et une tranche de baguette dans le grille-pain. Elle s'assoit à la table de la cuisine, étale du beurre sur ses tartines, regarde les nouvelles sur son téléphone, boit son thé. Puis elle se dirige vers sa chambre, choisit les vêtements qu'elle va porter, se douche, démêle sa lourde chevelure brune, se parfume, s'habille, se maquille, range tout derrière elle. Une fois ces gestes accomplis, Rebecca est prête pour sa journée. Alors, elle prépare de nouveau du thé, prend son livre, son téléphone et s'installe dans son fauteuil. Quel que soit le jour, quelle que soit la météo, Rebecca accomplit les mêmes gestes. Rituel immuable.

Elle ne verra personne. Ni aujourd'hui, ni les autres jours.

Elle ne sortira pas. Ni aujourd'hui, ni les autres jours.

La vie de famille, elle en a eu une, avec un mari et des enfants. Deux : une fille et un garçon. Anna et Solal. Ils sont grands maintenant. En âge de fonder une famille. Elle, elle en a fini avec les obligations familiales. Fini avec les obligations sociales, aussi. Depuis presque un an qu'elle est à la retraite. 57 ans et officiellement vieille, ainsi qu'elle se présente. Plus de contraintes, plus de paraître, personne à qui prouver quoique ce soit. Elle est celle qu'elle est. Solitaire. Casanière.

Mais demain, elle fera une exception. Comme elle le fait le premier vendredi de chaque mois. Un rendez-vous fixé lorsque Anna et Solal ont quitté le domicile familial à quelques semaines d'intervalle. Ce sont eux qui ont instauré ce rituel du vendredi soir et depuis, chacun tient ses engagements. Rebecca a prévu de leur cuisiner une paëlla. Une de ses spécialités dont ses enfants raffolent. D'ailleurs, ce n'est pas la seule recette dans laquelle Rebecca excelle. Elle est une talentueuse cuisinière. Elle a toujours aimé préparer de bons plats et régaler ses invités. Du temps où elle était encore avec son chirurgien de mari, le couple organisait très régulièrement des dîners à la maison et sa réputation de cuisinière émérite était alors unanime. Sans doute un héritage de son enfance, lorsqu'elle faisait ses devoirs sur la table de la cuisine pendant que sa mère s'affairait aux fourneaux. Ça marque. Forcément. Alors, même si elle ne prépare plus de repas au quotidien depuis que les enfants ont quitté le domicile, elle remet volontiers son tablier pour leur faire plaisir et se délecte à l'avance de réveiller des souvenirs de leur vie en famille.

Pour les courses, la technologie a fait des miracles : elle n'a même plus besoin de se rendre au supermarché. D'un clic, elle passe sa commande et indique l'heure de livraison souhaitée. Pas de foule, pas de déplacement : le confort absolu. Elle use et abuse de ces outils pour effectuer ses achats, qu'il s'agisse d'alimentation, d'habillement, de lecture, ou même de sa vie sociale. Elle publie régulièrement selfies et petits plats sur Facebook ou Instagram, ajoutant un commentaire qu'elle compose avec la plus grande attention. À chacun de ses posts, elle recueille des dizaines de « pouces levés », « cœurs dans les yeux » et autres manifestations d'enthousiasme. Car elle a beau être sauvage, Rebecca n'en est pas moins populaire. Elle l'a d'ailleurs toujours été. Son humour grinçant et son sens de l'auto-dérision ont toujours été plébiscités. Elle maintient ainsi des relations étroites avec ses amis sans jamais les voir, et cela lui convient parfaitement bien.

Depuis qu'elle est à la retraite, Rebecca se sent enfin en harmonie avec son mode de vie. Elle apprécie pleinement ses nouvelles habitudes et considère chacune de ses trouvailles pour ne pas sortir comme une revanche sur tout ce qu'elle vivait comme des contraintes et obligations.

Déjà, son divorce était un premier pas vers sa liberté. Elle se souvient avec douleur du regard plein de reproches que son mari lui adressait à chaque fois qu'elle rechignait à l'idée de confier les enfants à un baby-sitter pour se rendre à l'autre bout de la ville et s'asseoir à une table pour écouter des histoires de bloc opératoire. Encore aujourd'hui, elle ne comprend pas son point de vue. Pourtant, il fallut du temps pour que l'idée de la séparation se fraie un chemin jusqu'à son esprit. Solal avait trois ans. Anna n'était pas bien plus grande – les deux enfants ont cinq ans d'écart. Et elle était tout simplement incapable d'imaginer un autre modèle que celui qui, encore aujourd'hui, est le plus répandu : les enfants entourés de leurs deux parents. Inlassablement, elle lui répétait qu'elle était fatiguée, qu'elle voulait passer du temps en famille, qu'il était inutile de dépenser de l'argent en baby-sitters... Rien n'y faisait. Pour lui, le temps avec ses amis méritait tous les sacrifices. Enfin, lorsque c'était elle qui se sacrifiait. Parce que lui avait tous les droits. Il travaillait, prenait des gardes, se rendait à des congrès ici et là, et lorsqu'il lui arrivait d'avoir une soirée libre, il « fallait » aller dîner avec ses amis, ou les inviter à la maison. Inévitablement, un jour, le point de non retour fut atteint. La vérité apparut, nue et crue, aux yeux de Rebecca : elle devait le quitter. Une fois sa décision prise et énoncée, tout s'accéléra. Comme s'il guettait le top départ. Il se montra tout de suite d'accord sur tous les points : elle et les enfants resteraient dans l'appartement, il les verrait un week-end sur deux et la moitié des vacances et verserait à Rebecca une pension chaque mois. La semaine qui suivit, il avait déménagé. Un mois plus tard, il avait récupéré l'intégralité de ses affaires. Et Rebecca commença à vivre. À sa manière. S'abandonnant totalement à son rôle de mère. Ne voyant ses amis que lorsque les enfants étaient avec leur père. Et encore, lorsqu'elle avait retrouvé « une forme humaine » selon sa propre expression.

Elle commença à refuser les sorties, les dîners, les rencontres, les spectacles, les concerts. À dire non, sans plus chercher d'excuse. Ses amis respectèrent ses choix. Elle se fit de plus en plus rare, jusqu'à ne plus se montrer. Mais son esprit était là, clins d'œil sur les réseaux sociaux et échanges sur WhatsApp. Même Colette, son amie d'enfance, ne jouissait d'aucun traitement de faveur. Enfin, presque. De loin en loin, elles passaient tout de même un moment en tête à tête.

En revanche pour ses enfants, son prolongement, tout a toujours été différent. Pour eux, elle a toujours oublié solitude et habitudes, sans sourciller. Allant jusqu'à sortir pour papoter avec sa fille. Comme cette fois où Anna l'avait appelée, en larmes. Sans même demander la cause de cet immense chagrin, Rebecca lui proposa de la rejoindre. Evidemment, le temps qu'elle arrive, les larmes d'Anna avaient séché et elles passèrent un moment à discuter de tout et de rien mais Rebecca ne regretta pas son déplacement. Comme elle n'a jamais regretté aucun des moments qu'elle choisit de passer avec eux. Que ce fut au détriment de son couple, de ses amis ou de sa solitude. Elle s'est toujours réjouie de chacun de leurs instants d'intimité partagés.

Immanquablement, chaque premier vendredi du mois, Anna et Solal lui font passer un véritable interrogatoire. Et ne sachant pas leur mentir ni cacher quoique ce soit, elle leur avoue qu'elle n'a vu personne depuis leur précédent dîner. C'est toujours la même chanson, comme un jeu entre eux. Elle leur dit que le temps passe vite et qu'elle ne s'ennuie pas des autres. Ils lui répondent qu'elle devrait tenter de rencontrer de nouvelles têtes, et pourquoi pas essayer de se réconcilier avec l'amour et les hommes. Ils débordent d'imagination lorsqu'il s'agit des amours de leur mère. Comme cette fois où ils lui avaient piqué sa tablette pendant qu'elle était dans la cuisine pour l'inscrire en douce sur un site de rencontre. Ils avaient beaucoup ri ce soir-là d'ailleurs. Une fois les enfants partis, Rebecca passa des heures à relire ce qu'ils avaient écrit sur elle, à observer à la loupe la photo qu'ils avaient choisie, se demandant si elle était toujours séduisante, désirable. Elle ne s'était pas interrogée sur le sujet depuis bien longtemps. Puis, retrouvant ses esprits, elle réalisa que tout cela n'avait aucun sens puisqu'elle ne songeait absolument pas à mettre qui que ce soit dans son lit, et encore moins dans sa vie. Alors, après avoir cherché en vain comment annuler cette inscription, elle avait éteint sa tablette et n'y avait plus trop pensé... Jusqu'au dîner suivant, quand ils lui demandèrent combien d'hommes figuraient désormais sur sa liste d'attente. Ils n'étaient pas étonnés lorsqu'elle leur dit qu'elle n'en savait rien. Elle dut insister pour qu'ils n'aillent pas vérifier pour elle. Ils discutèrent encore de ce qu'ils nomment « son isolement » comme s'il s'agissait d'une maladie incurable, pendant une bonne partie de la soirée. Encore une fois, elle leur dit que « c'est le monde à l'envers », que « c'est à elle de s'inquiéter pour eux et non l'inverse ». Encore une fois, ils repartirent en lui extorquant la promesse d'une sortie, pour assister à une pièce de théâtre, un film ou un concert ou que sais-je, d'ici leur prochain dîner.

Ce scénario, elle est toujours prête à le rejouer, le sourire aux lèvres et le cœur en fête. Ils lui parlent de leurs vies. De leurs réussites professionnelles – Solal est avocat et Anna travaille dans le milieu artistique. De leurs amis et de leurs sorties. Elle a la preuve, comme s'il subsistait un doute, qu'elle a su élever ses enfants pour qu'ils deviennent de beaux adultes, libres, autonomes et bien dans leur peau.

Sans l'aide de son ex-mari ou de qui que ce soit. Même pas de sa mère, Sonia, décédée alors que Anna avait trois mois.

Au même moment, la mère était diagnostiquée d'un cancer du sein et la fille apprenait qu'elle était enceinte. Sonia avait 54 ans. Elle subit toutes les étapes de la maladie en un peu moins d'une année : double mastectomie, chimiothérapie, radiothérapie, perte des cheveux et, comme si ce n'était pas assez, la fuite du mari. Déjà peu présent, ce dernier s'inscrivit aux abonnés absents dès le début des traitements et comme dans un mauvais film, il lui annonça qu'il n'en pouvait plus de lui mentir, qu'il lui devait la vérité, qu'il était amoureux d'une autre. Evidemment, l'autre avait quinze ans de moins qu'elle, une toute fraîche. Forte et digne, Sonia traversa cette succession d'événements dans la plus grande solitude. Refusant de se laisser accompagner dans ces moments où elle était départie de ses attributs féminins. Apparaissant seulement dans les brèves périodes d'accalmie. Et toujours avec le sourire. Encore plus pudique lorsqu'il s'agissait de se confronter à sa fille. Ce n'est qu'à la naissance d'Anna qu'elle baissa sa garde, et que Rebecca put l'approcher de nouveau. Trois petits mois, pendant lesquels grand-mère et petite-fille eurent à peine le temps de faire connaissance. Comme sa mère avant elle. Et peut-être même la mère de sa mère. Un héritage génétique comme une malédiction. De mère en fille. Des femmes fortes, qui semblent se jouer des événements de la vie et des moments les plus difficiles avec grâce et légèreté, sans jamais se plaindre. Toujours tirées à quatre épingles. Jamais de mauvaise humeur. Jamais un mot plus haut que l'autre.

Rebecca en voulut à sa mère. Longtemps. Elle ne put être là pour elle. La réciproque est toute aussi vraie. Sa mère avait dicté des règles qui établissaient la distance à respecter entre elles. Rebecca aurait aimé partager avec elle toutes ces premières fois liées à la grossesse. La garde-robe que l'on doit adapter, le ventre que l'on sent bouger pour la première fois, les premières images... Elle aurait aimé apaiser les souffrances de Sonia aussi. L'accompagner et lui tenir la main pendant les séances de chimiothérapie ou lui préparer ses repas. Ou même simplement profiter de ces moments pour discuter un peu de la vie. Une proximité à laquelle elle n'eut jamais accès. Sonia était trop fière pour partager cela avec qui que ce soit, y compris avec ses enfants. Le partage n'avait jamais été le point fort de leur relation. L'intimité encore moins.

C'est peut-être bien à cela que pense Rebecca lorsqu'elle reçoit ses enfants : réduire la distance qui les sépare, être proche d'eux et conjurer ainsi cet autre héritage, comme un mauvais sort qui s'acharne sur les femmes de la famille.

Anna est une femme épanouie, surtout depuis qu'elle a rencontré Léonard et partage sa vie avec lui. Cela fait cinq ans maintenant et leur relation semble très équilibrée. Le jeune homme fait beaucoup rire Anna, jouit d'une jolie situation professionnelle, et semble très amoureux. Il ne fait pas rire Rebecca, elle le trouve même assez agaçant à vouloir faire rire en permanence, mais elle aime à voir sa fille heureuse et elle ne peut que constater qu'ils forment un couple assez harmonieux. Rien à voir avec le sien du temps où elle était mariée. Personne n'était épanoui dans cette histoire, sûrement pas elle en tout cas. Elle ne sait toujours pas ce qui l'a poussée dans les bras de son ex-mari. Elle s'est longtemps posé la question, sans jamais trouver de réponse satisfaisante. Patrick est un homme séduisant et intelligent, personne ne dira le contraire. Mais il est aussi égocentrique que dépourvu d'humour. Rebecca, quant à elle, a mis du temps à s'affirmer, peut-être que ce sont les certitudes de Patrick qui l'ont poussée dans ses bras. Peut-être pensait-elle inconsciemment pouvoir s'en inspirer pour gagner en confiance. Peut-être est-elle simplement tombée dans son piège, comme toutes celles qui croisent son chemin. Quoiqu'il en soit, le modèle peu équilibré de leur couple n'a apparemment pas déteint sur les relations amoureuses de ses enfants et Rebecca en tire une certaine fierté. Elle a hâte d'en avoir une nouvelle confirmation.

L'émotion sera là, palpable, lorsqu'elle leur ouvrira la porte. Comme toujours, ils seront bien habillés. Elle aussi aura fait un effort. Ils la complimenteront sur son apparence et sur les senteurs qui s'échapperont de la cuisine. Elle les observera attentivement, de la tête aux pieds, comme elle le faisait lorsqu'ils sortaient de l'école, ne laissant passer aucun détail, pour s'assurer qu'ils vont bien, qu'ils ne lui cachent pas un problème. Probablement une déformation professionnelle. Les yeux en amande de Solal, marron, presque dorés, avec une pointe verte dans le bas de l'iris, comme les siens. Les cheveux bruns légèrement ondulés et très volumineux chez les deux enfants. Cette tignasse, à laquelle il aurait été étonnant qu'ils échappent, Patrick et Rebecca ayant cela en commun. Les formes voluptueuses d'Anna, identiques à celles de sa mère et l'allure dégingandée de son père pour Solal. Et aussi, ce geste de la main chez

Anna, identique à celui de Rebecca, lorsque son doigt effleure le grain de beauté qui orne son visage, juste au-dessus de sa lèvre supérieure, à droite. Ils se dirigeront directement vers leurs anciennes chambres, comme ils l'ont toujours fait. Leurs voix se superposant. Comme s'ils n'avaient jamais quitté cet appartement. Elle les suivra de loin. Répondra à leurs questions. Leur demandera ce qu'ils ont fait depuis la dernière fois qu'ils étaient là. Ils rigoleront d'elle. Ils rigoleront de tout. Ils s'émerveilleront devant la paëlla. Ils parleront des derniers films et des dernières pièces de théâtre. Elle leur racontera ses derniers livres lus. Ils parleront des prochains voyages qu'ils envisagent de faire. Elle promettra de sortir voir un film ou un concert ou juste boire un café avec Colette d'ici leur prochaine visite. Ils sauront avec certitude qu'elle ne le fera pas... Et ils repartiront. Elle restera un moment éveillée, le temps de ranger le salon et la cuisine. Puis, elle ira se coucher et pensera à eux. Rejouera la soirée, comme on regarde en boucle des photos de voyage. Puis, elle éteindra la lumière, apaisée, prête à reprendre sa routine dès le lendemain matin.

Quelque chose s'est manifesté juste avant la visite de ses enfants. Elle l'a senti, ce matin-là, en enfilant son soutien-gorge. Elle n'a pas voulu y prêter attention. Toute à la joie de cette soirée à venir avec eux. Aujourd'hui, sous ses doigts, « quelque chose » est toujours là. Plus de doute.

Une petite boule là, à gauche, sous le sein. Lorsqu'elle se lave, lorsqu'elle s'habille, parfois même lorsqu'elle est couchée sur le côté, le bras glissé sous l'oreiller, elle la sent. Pas de douleur, juste une petite boule. Évidemment, les souvenirs. Sa mère. Elle se dit qu'elle a déjà gagné quelques années. Elle avait même fini par croire qu'elle n'aurait jamais à y faire face. Elle se dit que c'est son tour. Qu'il va falloir y aller, suivre le protocole, enchaîner les rendez-vous et les examens. Gynécologue, échographie, mammographie, prise de sang. Et la suite. Inimaginable. Impensable. Inévitable.

Elle retient les flots de larmes et de souvenirs. Se dit que la médecine a fait des progrès. Se dit que si ça se trouve ce n'est rien. Et laisse passer. Les heures. Les jours. Les nuits. Elle revit la maladie de sa mère. S'imagine à sa place. Se glisse dans sa peau. Se dit que ce n'est pas possible. Qu'elle n'est pas prête. Qu'elle ne peut pas traverser cela. Ne veut pas.

Alors, elle reprend le cours sa vie, comme si de rien n'était. Ou presque. Les messages sur WhatsApp avec Colette, son amie d'enfance. Avec ses enfants. Elle rigole. Poste sur les réseaux sociaux des photos de ses dernières créations culinaires ou de la couverture du dernier roman qu'elle a lu. Et toujours ce trait d'humour.

Par moments, elle oublie *quelque chose*. À d'autres, elle ne pense qu'à cela, prend son téléphone pour fixer un rendez-vous avec sa gynécologue. Se ravise.

Une semaine.

Une autre.

Encore trois jours.

Elle ne parvient plus à faire semblant que *quelque chose* n'existe pas. Hier, elle n'a pas été capable de faire quoique ce soit. N'a même pas pu répondre à Colette qui lui proposait de prendre un café avec elle. Ni lire une seule ligne de son livre. Elle n'a pas écouté son émission de radio préférée. N'a même pas mangé. Ni dormi non plus. Elle s'est levée ce matin à 7 heures 30, comme d'habitude. A reproduit mécaniquement les gestes du quotidien.

Décidée. Ce matin, elle fixe le rendez-vous.

10h. Le cabinet médical est ouvert. Rebecca prend une grande inspiration et appelle. Ils lui proposent une date dans trois mois. Elle est au bord des larmes. Insiste. Dit que c'est urgent. Demande à parler à sa gynécologue. Obtient un rendez-vous pour le mardi de la semaine suivante.

Apnée.

Elle doit entendre un diagnostic. Tant qu'il ne sera pas prononcé, elle ne pourra pas respirer. Alors elle attend. Toute la journée. Toute la nuit. Jusqu'à la fin de la semaine. Le bout du week-end. Le mardi suivant. Elle mange à peine. Répond aux messages qui lui sont envoyés, pour ne pas laisser de place au « Que se passe-t-il ? » ou au « Tout va bien ? ». Elle n'est pas prête à parler de *quelque chose*. D'ailleurs que dirait-elle ? Elle ne sait pas vraiment de quoi il s'agit ni à quoi elle va devoir faire face. Elle observe son reflet dans la glace, tire ses cheveux, essaie de voir à quoi elle ressemblerait sans. Ressort les photos de cette époque lointaine où elle les portait courts. Revoit des images de sa mère avec ce turban sur la tête et sa petite mine. Vulnérable. Fragile. Belle aussi. Elle était restée belle jusqu'au bout. Même lorsqu'il ne lui restait que la peau sur les os. Le flot de ses pensées et le manège des images se déversent sans arrêt.

Enfin le rendez-vous.

Elle est prête.

Allongée. Les pieds dans les étriers. Puis assise, au bord de la table d'auscultation, bras par dessus tête. La gynécologue palpe, tâte, pose des questions, tente de l'apaiser. Lui demande depuis combien de temps elle sent cette petite boule que sa main experte a immédiatement repérée. Rebecca ne ment pas... À quoi bon ? Oui, elle sait, deux semaines de stress et d'angoisse, c'est long. Elle écoute le sermon de son médecin. Elle entend aussi le « peut-être que ce n'est rien, même avec vos antécédents familiaux. Nous allons vérifier à l'échographie et à la mammographie, je vous fais l'ordonnance ». Elle ressort. Sans plus d'information. Appelle le laboratoire qui pratique les échographies. Le même que d'habitude. Le même que celui où elle se rendait lors de ses grossesses. Une annulation de dernière minute lui permet d'obtenir un rendez-vous le vendredi suivant.

Apnée.

Impuissance.

Comme lorsqu'elle faisait face au mutisme de sa mère malade. Comme lorsque ses enfants la regardaient avec les yeux brillants de fièvre et qu'elle attendait chez le pédiatre.

Salle d'attente.

Encore une.

Autour d'elle, des femmes enceintes. Impatientes. Rayonnantes. Eclaboussantes de bonheur. Elle se demande ce qu'elle fait là. Veut partir. S'enfuir.

La mammographie, d'abord. Il fait froid dans la salle. Elle se tient comme une adolescente à la poitrine naissante : dos voûté, bras croisés sur son torse nu, regard tourné vers le sol. Elle se place face à l'engin. La manipulatrice la positionne, le sein coincé entre les plaques, le bras par dessus. *Quelque chose* lui fait mal. « Ne bougez plus. Ne respirez plus ». Quelques secondes et les plaques libèrent le sein. Deuxième pose. « Ne bougez plus. Ne respirez plus ». Et on recommence avec le sein droit.

— C'est bon. Installez-vous dans l'autre salle pour l'échographie, le médecin va arriver.

Elle s'allonge sur le papier. Toujours torse nu. Elle fixe l'écran sur lequel elle lit son nom comme s'il appartenait à quelqu'un d'autre. Elle a froid. Le médecin entre dans la salle. Le gel glacé, la sonde. Les images qui apparaissent, incompréhensibles. Le temps s'est arrêté. « Trois zones... suspect... là aussi... IRM... biopsie... vous voyez là... fibreux... dense... Vous pouvez vous rhabiller et patienter dans la salle d'attente ».

Et de nouveau l'attente. Toujours au milieu des femmes enceintes.

Elle est appelée, conduite dans une petite pièce. Le médecin lui propose de s'assoir. En face d'elle, un tableau lumineux où sont disposés les clichés qui viennent d'être faits. Il ne prononce pas de diagnostic. Mais elle reconnaît ce ton qui en dit long et prépare le patient au pire.

Encore des rendez-vous. Encore une semaine.

IRM. Nouvelle salle d'attente. Encore une pièce glacée. Cette fois, elle est allongée sur le ventre, les seins dans le vide, les bras le long du corps, un casque sur les oreilles. Le bruit est infernal. Des larmes coulent sur ses joues. Elle claque des dents. Vingt minutes. La table sort du tunnel. « Vous pouvez vous rhabiller et passer dans la salle d'attente, le médecin vous appellera pour vous expliquer les résultats ». Encore une petite salle et un médecin qui parle tout bas. Les termes sont un peu plus précis : « triple foyer... zones fibreuses en étoile... ne peux me prononcer, mais... hôpital public... privé... protocole... vous savez tout ça... pas de certitude... attendre la biopsie ».

Douleur.

Impatience.

Impuissance.

Et le même scénario.

Encore du temps passé torse nu dans une salle froide.

Clac. Une fois. Clac. Deux fois. Clac. Trois fois. Douleur.

« Vous allez avoir un bleu, mais ça ne devrait pas faire mal trop longtemps... choisir le parcours. Privé ou public... passer du temps... protocole... retirer le sein... inévitable... ».

Encore un peu plus précis, mais *quelque chose* n'a toujours pas de nom. « ne peut pas se prononcer... demande les résultats en urgence... votre médecin traitant et votre gynécologue ».

Et encore cette attente qui n'en finit pas. Elle n'en peut plus. De ces mots dits tout bas. Ces mots qu'elle ne comprend pas. Ces mots qui ne sont pas prononcés. Et cette douleur, là où la biopsie a été pratiquée.

Black-out.

Elle ne sait plus quoi faire d'elle. Se perd dans les rues qu'elle connaît depuis sa naissance. Oublie le code de sa porte, celui de sa carte bleue. De mettre le filtre dans la théière. De prendre une passoire lorsqu'elle égoutte ses pâtes. De manger une fois le plat prêt. Se cogne partout.

Douleur.

Attente.

Impuissance.

Elle n'a toujours rien dit à personne. Ne sait toujours pas quoi dire. N'a pas encore intégré toutes les informations. Pourtant, elle n'en a pas beaucoup pour l'instant. Alors.

Coup de fil. Enfin les résultats. Cette fois, l'attente n'est pas longue, sa gynécologue la reçoit le jour-même. Urgence. Elle lui parle mais Rebecca ne comprend pas tout. Son cerveau a cessé de fonctionner au moment où elle a entendu le nom de *quelque chose*.

Cancer.

Elle a même utilisé un terme plus précis que Rebecca n'a pas retenu.

Cancer.

Dans sa tête, le mot prend toute la place. Elle veut rentrer chez elle. « Je vous donne aussi le numéro d'une psychologue qui pourrait vous aider à traverser cette épreuve... ».

Cancer.

Épreuve.

Les mots. Précis. Sans équivoque.

À ce stade, malgré tout, elle ne sait toujours pas grand chose de ce qui l'attend. Chimiothérapie ? Mastectomie ? Radiothérapie ?

Combien de temps pour les traitements ?

Combien de temps avant de mourir ?

Nouveau rendez-vous. Une assistante au regard doux lui demande de patienter dans la salle d'attente. Encore une. Plusieurs canapés de velours brun, une table basse présentant des magazines d'art. Une bibliothèque emplie de livres : René Char, Léopold Sédar Senghor, Aimé Césaire, José Luis Borgès. Un peu de poésie dans ces moments d'angoisse... Pas d'attente.

« Madame Maier ». Tempes grisonnantes, lunettes à monture en écaille, regard franc, costume bleu marine, chaussures marron, poignée de main ferme et douce à la fois, voix profonde, démarche plantée, assurée. Rassurant.

De l'autre côté de l'immense bureau, il est là. Rebecca pose le sac contenant les résultats de tous les examens sur l'une des deux chaises. S'assied sur l'autre. Il regarde les documents qu'elle lui présente avec attention. Tourne et retourne les feuilles. De nouveau, elle se met torse-nu. De nouveau, elle sent la boule sous son sein gauche devenue douloureuse depuis la biopsie sous la main du médecin. Elle se rhabille, s'assoit sur sa chaise et il commence à parler. « Vous allez mourir un jour, mais pas de ça... Petit cancer... Grade peu élevé... Triple foyer... Retirer le sein... ». Rebecca respire pour la première fois depuis le début de cette histoire.

Je ne vais pas en mourir.

Je ne vais pas en mourir.

Elle se répète cette petite phrase en boucle. Enfin une bonne nouvelle.

Je ne vais pas en mourir.

Je ne vais pas en mourir.

Je ne vais pas en mourir.

Elle doit subir une mastectomie. Peut-être de la chimiothérapie. Peut-être de la radiothérapie. Certainement un traitement hormonal.

Beaucoup d'incertitudes encore à ce stade. Ça, elle l'a bien compris. Une seule certitude : elle n'aura plus de sein gauche très prochainement. La date de l'intervention est fixée. Le rendez-vous avec l'anesthésiste aussi. L'hospitalisation durera quatre jours.

Elle se sent mieux. Elle n'a pas à dire au revoir à ses enfants. Elle n'a pas peur. Elle a observé ses mains. Grandes, soignées, ses gestes sont sûrs. Son regard est franc. Sa voix est ferme. Sa diction claire. Il sait se faire comprendre. Elle est en confiance.

Elle ne veut en parler à personne. Toujours pas.

Pourquoi alarmer ses enfants ? Au fond, il ne va rien lui arriver. Elle aura un sein en moins, elle portera une prothèse en attendant la reconstruction – si elle décide d'y avoir recours – et personne ne se rendra compte de rien. C'est l'avantage de cette maladie. Son inconvénient aussi. Tant que la chimiothérapie ne fait pas partie de l'histoire, elle passe plus inaperçue qu'un rhume. Elle se souvient pour sa mère. Ce n'est que lorsqu'elle a porté un turban que les regards ont changé. Elle était plus faible, n'avait plus de cheveux alors les gens ne la regardaient plus de la même façon. Rebecca n'en est pas là. Elle semble en forme. Elle a traversé cette période de rendez-vous sans que quiconque ne se doute de quoique ce soit. Pourquoi en serait-il autrement maintenant ? Non, franchement, elle a beau examiner la situation sous tous ses angles, elle ne voit aucune raison d'alerter qui que ce soit aujourd'hui.

Elle essaie de s'imaginer sans ce sein. Pense aux amazones. Se tient devant son miroir. De face. De profil. Observe sa posture. Se demande si elle se tiendra de la même façon après. Si elle sera déséquilibrée. S'imagine marcher de profil, comme les Egyptiens sur les fresques d'époque. Le médecin lui a dit que chaque personne réagissait différemment. Elle regarde son décolleté et se sent nostalgique. Déjà. Il ne sera plus jamais le même. Elle l'aimait bien. Même s'il était un peu plus bas aujourd'hui que dans sa jeunesse. La taille et la forme de sa poitrine n'avaient jamais été un sujet de questionnement pour elle. Elle avait déjà trouvé ses jambes trop grosses, pas assez dessinées. Sa silhouette pas assez élancée, pas assez sportive, trop marquée... Mais sa poitrine...

Plus que deux rendez-vous. L'anesthésiste puis de nouveau le chirurgien.

Choc. Encore.

Elle ne pourra pas être seule chez elle après l'intervention. Elle aura besoin d'aide. Elle ne pourra pas soulever de poids, ni se servir de son bras gauche pendant un moment. Dix jours environ, peut-être plus.

Comment ? À quel point va-t-elle être handicapée ? Pourra-t-elle changer ses draps ? Mettre une machine en route ? Étendre son linge ? Se préparer à manger ? S'habiller ? À qui faire de la place dans son intimité ? Colette ? Ses enfants ? À quel point sera-t-elle fatiguée ? Trop de questions Elle n'arrive pas à se calmer.

Un jour.

Deux.

Une semaine.

Encore un jour.

Rebecca entre à l'hôpital demain à la première heure et n'a toujours appelé personne. Elle ne parvient pas à se décider. Elle pourra tout à fait se débrouiller toute seule. Elle ne peut se résoudre à l'idée que Colette ou ses enfants puissent l'assister. Alors, elle anticipe son retour. Fait des courses. Cuisine plusieurs plats d'avance. Change ses draps. Lave tout. Prépare sa petite valise pour les quatre jours. Va se coucher pour la dernière fois. Elle et ses deux seins.

Le lendemain, en milieu d'après-midi, elle émerge de l'anesthésie. Ne peut pas vraiment bouger. Pense à sa mère. Se sent vulnérable. Elle n'a pas trop mal mais se sent faible. Se rendort. Se réveille quelques heures plus tard. Les sensations sont identiques. Elle regarde son téléphone. Ne répond à aucun message. Se rendort.

Trois autres jours.

Trois autres nuits.

Elle n'a appelé personne à part le taxi qui va la ramener chez elle.

Le chauffeur l'aide à s'installer dans la voiture et à en ressortir. Un voisin l'aide à monter sa petite valise jusqu'à l'appartement. Lui demande ce qui lui est arrivé. Elle bredouille un « rien de grave, merci », esquisse un sourire et ouvre sa porte.

14 heures. Le soleil inonde son séjour. Rebecca est soulagée d'être enfin chez elle. Elle n'a pas déjeuné à l'hôpital avant de partir. Elle a faim. Tant bien que mal, d'une seule main, elle arrive à sortir de son frigo le velouté qu'elle avait préparé et à le mettre au micro-ondes. Deux minutes. Elle remue. Encore deux minutes... La distance qui sépare son four à micro-ondes de sa table lui semble bien longue à

parcourir. Elle s'assied, sent des larmes couler sur ses joues, et l'envie naissante d'avoir quelqu'un à ses côtés.

Elle aimerait s'engueuler avec sa mère. Elle en a rêvé la nuit dernière. Une belle engueulade, comme elles en avaient souvent. À propos de tout. De rien. De n'importe quoi. C'était leur unique mode de communication. Entre la mère et la fille, la tendresse et l'amour passaient par les cris. Leur relation avait pris cette tournure à l'adolescence de Rebecca. Lorsque celle-ci avait commencé à vouloir voler de ses propres ailes. Dès qu'elle parlait de sortir, ne serait-ce que pour aller réviser un contrôle chez une amie, Sonia lui disait de faire attention. Rebecca se moquait gentiment de sa mère et lui répondait « Attention ? Mais à quoi ? ». Sonia, très sérieuse rétorquait qu'il fallait faire attention à tout le monde, à tout, tout le temps. Elle expliquait à sa fille que le danger était partout. Rebecca, sérieuse elle aussi, se mettait en colère. Répondait que sa mère ne lui faisait pas confiance. « J'ai confiance en toi. Ce sont les autres qui sont dangereux ».

Rebecca explosait alors « Tu as peur de tout, tu ne veux pas me voir grandir... Tu n'as pas confiance en mon jugement, au fait que je sois capable d'identifier les dangers... Je ne peux jamais rien faire avec toi, de toute façon, c'est toujours pareil... ». Et la conversation prenait une tournure qu'aucune des deux protagonistes ne maîtrisait. Le résultat était invariablement le même : Rebecca claquait la porte de sa chambre derrière elle et elles mettaient deux jours à s'adresser de nouveau la parole. Une scène que les deux femmes ont joué des centaines de fois. Aujourd'hui, alors qu'elle est seule chez elle, Rebecca donnerait n'importe quoi pour avoir sa mère à ses côtés. Pour pouvoir hurler que ça valait bien la peine puisque aujourd'hui, après toutes ces années à « faire attention », elle est atteinte d'un cancer du sein. Elle aussi.

Elle se souvient parfaitement bien de ce jour où tout a basculé. C'était il y a vingt cinq ans déjà. Pourtant, elle pourrait dire comment toutes deux étaient vêtues, le temps qu'il faisait, où elle se trouvait lorsqu'elle a appelé... Tout. Dans les moindres détails. Chaque mot prononcé ce jour-là est gravé dans sa mémoire. « Je peux passer ? Tu es là ? » « Mais bien sûr ma chérie, je t'attends ». Elles s'étaient installées au salon. Rebecca en tailleur par terre, Sonia dans son fauteuil, les jambes repliées sous ses fesses. Elle était d'une beauté saisissante, regard d'acier et port de tête de danseuse, accentué par ce chignon qu'elle portait bas sur sa nuque d'une incroyable finesse. Rebecca, s'en était fait la réflexion. Elle ne l'avait pas dit, bien sûr, les deux femmes ne s'échangeaient jamais de mots doux. « Alors quoi de neuf ma chérie ? Tout va bien ? ». En réponse aux interrogations de sa mère, Rebecca avait sorti de son sac les images de la première échographie.

Pas d'effusion, évidemment. Sonia avait esquissé un sourire. Elle avait dit que c'était formidable, que c'était la plus belle chose à vivre, qu'elle savait que sa fille allait être une merveilleuse mère, qu'elle était heureuse de devenir grand-mère, qu'elle avait aussi quelque chose à annoncer. Rebecca ne respirait plus. Le ton employé par sa mère ne laissait rien présager de bon. Sans laisser le temps, Sonia avait tout dit, d'une seule traite, avec un débit de mitraillette : les examens, le cancer du sein, le départ de son père avec une « toute fraîche », la chimio qui allait commencer. Toujours pas d'effusion. Chacune resta à sa place, droites, laissant les larmes couler sur leurs joues, sans plus rien dire.

Sonia fut la première à se reprendre. Elle proposa un second café et se dirigea vers la cuisine, sa fille lui emboîtant le pas.

« Il faut que tu t'occupes de ton enfant à naître et non du cancer de ta mère. Tout va bien se passer, je vais guérir et voir grandir ma petite-fille ou mon petit-fils. Toi, tu dois te concentrer sur la joie de devenir mère. » « Non, inutile d'insister, tu ne m'accompagneras pas à mes séances de chimio. » « Non et non, tu ne me prépareras pas mes dîners non plus. Tu ne seras pas mon infirmière. Ce n'est pas dans ce sens que les choses doivent se passer. Je culpabiliserai suffisamment de ne pouvoir veiller sur ma fille enceinte. Je saurai m'organiser. » « Non, Je ne resterai pas seule. Je ne suis pas folle. Évidemment, je sais prendre soin de moi, tout de même. »

Les faits prouvèrent que Sonia ne disait cela que pour mieux s'isoler. Elle ne supportait pas l'idée de gâcher la joie de sa fille alors qu'elle était enceinte. Elle ne pouvait pas non plus imaginer se montrer lorsqu'elle n'était pas en pleine possession de ses moyens. Et Rebecca le savait. Inconsciemment. Alors, elle fit confiance à sa mère. La laissa prendre soin d'elle comme elle l'entendait. Se dit qu'elle ne pouvait que respecter ses choix. Elle fit ce que sa mère lui demandait et s'occupa de sa grossesse. La vécut avec autant de plaisir que la situation le permettait. Et un peu de culpabilité. Aussi. Que son partenaire subit sans rien dire. Culpabilité et grossesse ne font pas réellement bon ménage et Patrick en était conscient. Mais Rebecca savait que sa mère n'était pas vraiment entourée à la fin de sa vie. Peu d'amitiés avaient survécu à son mariage. Le mariage lui-même n'avait survécu au cancer. Et elle était bien placée pour savoir que personne ne pouvait l'approcher lorsqu'elle allait faire ses séances de chimio et encore moins les jours qui suivaient. Mais c'était son désir, et à aucun moment Sonia n'avait laissé penser qu'elle souhaitait avoir plus de monde autour d'elle. Rebecca en était sûre : si sa mère avait voulu l'avoir à ses côtés, elle aurait très bien su le faire comprendre.

Pourtant, elle est persuadée que, si elle était là aujourd'hui, Sonia lui dirait qu'elle est inconsciente et qu'elle ne peut pas faire comme s'il ne lui était rien arrivé. Rebecca lui répondrait qu'elle ne voit pas en quoi elle est inconsciente. Qu'elle sait parfaitement bien ce qui lui arrive. Qu'elle ne fait rien d'imprudent. Qu'elle a bien anticipé son retour à la maison et les deux semaines suivantes : elle n'aura qu'à réchauffer les menus préparés à l'avance pour se nourrir. Elle a changé ses draps et lavé tout ce qui devait l'être. Alors... Elle lui dirait aussi qu'elle n'est plus une enfant. Qu'elle sait parfaitement prendre soin d'elle. Sonia pousserait l'un de ses soupirs que Rebecca avait en horreur autant qu'elle les adorait et lui dirait que la pomme ne tombe jamais bien loin de l'arbre. Elle se souvient comme si c'était hier de leur dernier moment ensemble. Anna dans ses bras et Sonia qui lui prodiguait ses conseils. Elle était alors presque au bout de sa vie. Elle semblait si fragile que Rebecca n'avait pas osé lui répondre comme elle le faisait habituellement. Elle l'avait écoutée sans rien dire. Se demandant si c'était la dernière fois qu'elle la voyait. Elle le regrette aujourd'hui, elle aurait dû s'engueuler avec sa mère ce jour-là. Une dernière fois. Elle voit encore son regard glacé, à chacun de ses passages, envers l'aide soignante qui vivait avec elle. Comme si elle voulait la faire disparaître. La pauvre aide était un signe extérieur de faiblesse et Sonia devait être persuadée que si elle ne se montrait pas, personne ne verrait à quel point elle était diminuée. Une mère doit être forte et présentable en permanence. Elle a transmis cela à sa fille en même temps que son gène mutant et une certaine tendance au repli.

Aujourd'hui Rebecca décide de refuser cet héritage. De ne pas céder à la tentation de s'isoler. Elle se dit que ce n'est pas si grave d'avoir besoin d'aide. Que certaines circonstances l'exigent. Qu'elle préfère avoir quelqu'un de son entourage plutôt qu'une « aide » à ses côtés, tant que cela est possible. Elle ne veut pas rester seule. Elle pense à Colette et rien qu'à cette évocation, un sourire se dessine sur ses lèvres. Les deux femmes se connaissent depuis l'école maternelle. Peut-être qu'elles en savent plus l'une sur l'autre que si elles étaient sœurs. Elles ont tout partagé. Des vacances et premières amours aux séparations et aux divorces. Colette a toujours été présente pour Rebecca et réciproquement. Elles n'ont jamais tu leurs désaccords, quelles qu'aient pu être leurs décisions. Au moment du divorce de

Rebecca, Colette était à ses côtés. À chaque fois que Colette était en colère parce qu'untel ou unetelle lui faisait des réflexions sur l'absence d'enfant dans sa vie, Rebecca l'aidait à maintenir sa position. Elles sont là l'une pour l'autre, dans tous ces moments de la vie où il est bon d'avoir un allié. Que ce soit les bons ou les mauvais moments. Encore aujourd'hui, Colette subit des réflexions de temps en temps parce qu'elle ne vit pas avec Bruno, son compagnon, alors qu'il se connaissent depuis une dizaine d'années. Elle répond toujours qu'elle ne voit pas le bien que pourrait lui procurer la vie à deux. Sur cet aspect, les deux amies se ressemblent : elles savent parfaitement bien ce qui leur convient et ne se laissent pas influencer. Rebecca a maintenant pris sa décision : elle va appeler Colette.

En revanche, il est hors de question d'en parler à Solal ou Anna. Son fils est beaucoup trop émotif. Il ne pourrait pas garder une information de cette importance pour lui plus de dix secondes. Elle l'imagine à l'autre bout du fil, au bord de l'évanouissement et cela finit de la convaincre. Quant à Anna, son unique fille, elle ne sait vraiment pas comment elle lui annoncerait cela. Cette conversation est au-dessus de ses forces. Elle ne peut tout bonnement pas. L'héritage est trop lourd et sa fille est... son unique fille. Impensable. Et inutile.

D'ailleurs, elle a eu de la chance, alors qu'elle se demandait ce qu'elle allait inventer pour décaler leur dîner mensuel, Anna a appelé pour le faire. Un signe, non ? Elle a tout de même menti en disant à ses enfants qu'elle allait bien. Elle qui n'a jamais su leur cacher quoique ce soit... Depuis un mois, elle passe son temps à leur mentir. Elle en est désespérée. Surtout qu'elle est tout le temps dehors et rencontre tout un tas de gens comme le veulent ses enfants. Certes, ce sont des rencontres purement médicales, mais tout de même, c'est bien cela qu'ils voulaient : qu'elle soit dehors.

Il lui reste donc un peu plus d'une semaine pour être présentable. Et en attendant, elle va appeler Colette. Son amie pourra confier son chat à ses voisins comme elle le fait lorsqu'elle part en voyage et venir s'installer chez elle.

À peine une demi-heure plus tard, Colette arrive chez Rebecca, une petite valise à roulettes au bout du bras. Elle observe Rebecca de la tête aux pieds. Pose des milliards de questions. Elle veut tout savoir de ce qu'a déjà traversé son amie et de ce qui l'attend. Elle veut aussi tout comprendre. Elle est ainsi Colette, quel que soit le sujet. Pas pour faire son intelligente devant les autres, mais parce qu'elle a cette soif inextinguible de savoir. Elle aurait pu diriger le monde si elle l'avait souhaité. Si tel n'est pas le cas, c'est seulement parce que la situation financière de ses parents ne lui permettait pas d'envisager de grandes études. Colette avait commencé à travailler tout de suite après avoir obtenu son bac. Elle avait trouvé un premier job dans une banque. Tout en bas de l'échelle. Avait grimpé les échelons un à un. Avait appris le droit en cours du soir, tout en continuant à travailler. Avait obtenu son diplôme de juriste et continué son ascension au sein de cette même société, jusqu'à s'en trouver à la tête. Seule femme dans un monde d'hommes. Elle voulait être la meilleure. Être respectée et reconnue pour ses capacités et son professionnalisme au même titre que ses collègues du sexe opposé. Et elle y était arrivée. Seule. Suite au rachat de l'entreprise, l'an dernier, elle avait négocié un départ en retraite anticipée et un petit magot. Mais, encore aujourd'hui, son ancien employeur continue de faire appel à ses connaissances et à lui confier des missions. Ce qui lui permet de rester active tout en étant libre.

Côté vie privée, Colette s'ennuyait très rapidement avec les hommes qui croisaient sa route. Aucun de ceux qui l'ont approchée n'est resté dans son sillage bien longtemps. Son partenaire actuel est à ses côtés depuis dix ans. Un exploit probablement dû au fait qu'ils ne vivent pas ensemble. Colette est une femme très indépendante. Et libre.

Petite, toute fine et musclée, elle porte les cheveux très courts. Sa démarche assurée et son regard franc affichent un caractère que rien dans son attitude ne vient trahir. C'est ce que Rebecca aime le plus chez son amie. Cette franchise qui ne laisse rien passer. Et son humour noir.

– Ah, tu ne vas pas en mourir, alors. C'est bien. Ton sein gauche ne te servait plus à grand chose de toute façon...

Rebecca rit. Pour la première fois depuis le début de ce cauchemar. Non. En effet. Son sein gauche ne lui servait plus à grand chose. Ni le droit, d'ailleurs. Mais c'est mieux lorsque les deux seins font le même gabarit. Parce que là, ce sont ses soutiens-gorge qui ne lui servent plus à grand chose. Elle ne sait pas quoi faire de son bras gauche non plus. Ou plutôt, elle ne peut pas en faire grand chose. Enfin, ça, il paraît que c'est temporaire, mais en attendant, le moindre mouvement, aussi petit soit-il, procure d'affreuses douleurs. Quant à la suite des réjouissances, elle espère en savoir plus lors de sa visite post-opératoire planifiée d'ici dix jours.

C'est encore cette même franchise qui la laisse sans voix lorsque son amie lui explique qu'il faut qu'elle parle avec ses enfants. Soutenant que Rebecca suit la trajectoire de sa mère. Elle se souvient. Elle était là. À ses côtés. Elle en a suffisamment vu et entendu pour ne pas croire une seconde à son beau discours sur le fait que c'est pour les protéger qu'elle ne veut pas leur annoncer sa maladie. C'est son égo et lui seul qu'elle protège.

Rebecca est sonnée. Elle n'imaginait pas une seconde que son égo pouvait être à l'origine de sa réaction. Elle ne sait plus quoi penser. Ne trouve pas d'argument à opposer au raisonnement de son amie. Probablement parce qu'elle a raison. Sûrement. Elle promet d'y réfléchir. Oui, elle sait que le temps passe vite. Peut-elle tout de même laisser passer une nuit là-dessus ? Colette rit. Rebecca aussi. Cela fait tellement de bien. Rebecca se sent apaisée. Elle remercie son amie d'être là. Sans rien dire. Juste avec les yeux. Pas d'effusion.

Le lendemain, Rebecca a pris sa décision : elle va annoncer la nouvelle à ses deux enfants lorsqu'ils seront en face d'elle, vendredi prochain. Colette applaudit : c'est bien. Elle insiste. Répète à Rebecca qu'elle doit se laisser entourer de ceux qui l'aiment. Que c'est important pour sa guérison. Que le mental est fondamental pour affronter les traitements et que le dialogue avec ses enfants est donc primordial. Pour elle, mais aussi pour eux.

— Je sais bien que le mental joue un rôle considérable. Tout le monde me l'a dit et redit. Les soixante médecins qui m'ont palpé les seins – tant que j'en avais deux, les sites internet, les infirmières, les patients qui se sont sentis en communion avec moi parce qu'eux aussi ont un cancer, tout le monde. Mais je crois que côté « moral d'acier », je n'ai rien à prouver à personne, si ? Après l'évasion de mon père, le cancer de ma mère et son décès, mon divorce et la vie d'une façon générale, je crois que c'est bon de ce côté là. Alors, j'aimerais bien parler d'autre chose que de ma maladie. Parce que, s'il y a une chose que je ne supporterais pas, c'est d'être définie par ce cancer. Tu vois ce que je veux dire ? Tu sais, comme si je n'existais plus que pour lui « survivre ». Mon cancer, mon combat. Comme si chacun de mes actes était conditionné par cet état. Et que chaque personne que je croise me salue, la tête inclinée sur le côté, l'air compatissant, au bord de la déprime, pour me demander comment je vais. Sous-titre : alors, ma pauvre, toujours en train de te battre contre ce cancer ? Non, vraiment, j'ai déjà une armée de médecins qui est là pour soigner ma maladie, alors si ceux qui m'aiment pouvaient être avec moi comme ils le sont depuis toujours, ce serait parfait. Je suis toujours la même, j'ai un sein en moins, mais à part ça, rien n'a changé. Je sais bien qu'on ne peut pas faire comme si j'avais attrapé un simple rhume, mais si on pouvait éviter la tragédie grecque, ça me plairait assez. Alors si tu crois que je vais prendre goût à cette colocation, tu te trompes. D'ici peu, je te mets dehors et je reprends ma route. On est bien d'accord ?

Colette rit. Elle adore les envolées de Rebecca. Elle a compris. Message reçu cinq sur cinq. D'ailleurs, elle propose de passer à autre chose et de préparer le dîner.

Une nuit.

Deux nuits.

Jusque là, tout va bien.

Rebecca se sent un peu mieux chaque jour. Elle dort encore beaucoup. Mal, parce que la plupart des positions sont douloureuses, mais elle dort quand même. Se sent toujours épuisée dès qu'elle passe d'une pièce à l'autre. Mais depuis qu'elle a pu retirer son pansement et prendre une véritable douche, elle se sent tout de même mieux. La présence de son amie la rassure et pour l'instant, cette cohabitation lui convient. Colette sait se faire discrète. Elle n'est pas sur son dos toute la journée. Elle va et vient. Passe soixante coups de fil par jour. Dieu seul sait à qui. Enfin, cela ne fait que quarante huit heures qu'elles partagent le même appartement, mais elles semblent toutes deux heureuses de vivre ces moments ensemble. Elles lisent, regardent des séries, parlent de tout, de rien, du cancer de Rebecca évidemment, mais aussi de ses enfants... De la vie en général. Et cela se passe bien.

Ce n'est que la veille du dîner avec ses enfants que les angoisses de Rebecca refont surface. Elle ne peut plus faire machine arrière. Reporter ce moment de vérité. Et elle a peur. Peur de lire l'angoisse sur leurs visages. Peur de leur réaction quand ils la verront, le bras gauche vrillé au corps, ne tenant pas debout plus de cinq minutes. Et peur de sa réaction devant leur désarroi. Colette a décidé d'aller dîner avec Bruno, son compagnon, pour laisser cette soirée se dérouler dans l'intimité familiale. Elle partirait avant que les enfants ne soient là et reviendrait passer la nuit auprès de son amie.

Rebecca pense alors à sa mère. La revoit le jour de cette funeste annonce. Digne et élégante, comme toujours. Présentable, comme elle disait si bien. Entend ses mots. Simples. Sans détours. Elle se dit que Sonia serait probablement heureuse de savoir que sa fille ne reproduisait pas son histoire. Enfin pas tout à fait. Qu'elle allait s'entourer. Enrichir ses relations avec ses proches de ses moments difficiles. Créer de nouveaux liens. Profonds. La voilà de nouveau apaisée... Jusqu'à ce moment où Solal sonne à l'interphone.

Il y eut la stupeur de Solal. Il y eut la colère d'Anna. Comme un volcan en éruption. « Mais pourquoi as-tu gardé *ça* pour toi aussi longtemps ? Et nous, on n'existe pas ? »... « Après tout ce que tu nous as raconté sur la distance entre ta mère et toi, finalement, je me demande si tu n'es pas pire... ». Il y eut des cris. Il y eut des pleurs. Successivement, simultanément. Anna qui partit s'enfermer dans sa chambre d'enfant en claquant la porte derrière elle. Puis revint un moment plus tard, plus calme, pleine de tristesse et de peur. Les trois enlacés mouillés de larmes. Effusion.

Rebecca leur fit promettre de lui parler d'autre chose. De ne pas l'appeler tous les jours comme si elle allait mourir d'un instant à l'autre. De ne pas changer quoique ce soit à leur vie. De lui faire confiance, elle allait guérir. D'ailleurs elle ne l'inventait pas, les médecins le lui avaient tous dit. Ils lui firent promettre à leur tour de ne rien leur cacher. De les laisser être là pour l'accompagner jusqu'à la guérison. De les laisser l'aider lorsqu'elle en aurait besoin. De les autoriser à s'inquiéter quand même. Promesses...

Et lorsqu'elle est enfin seule chez elle – Colette n'était pas encore rentrée de son dîner – elle s'allonge sur son lit, apaisée. Heureuse de ce temps passé avec ses enfants. Vraiment. Malgré un début de soirée houleux, ils avaient tout de même passé un bon moment. Elle a un peu mal au bras et à l'épaule, un léger mal de tête aussi, probablement lié au stress ou à sa mauvaise posture à cause de ce foutu bras, peut-être même les deux à la fois, mais elle est sereine. Autant que la situation le lui permet. Elle apprécie pleinement tout ce temps de partage, que ce soit avec son amie Colette ou avec ses enfants. S'en étonne, mais apprécie.

Une bonne semaine s'est déjà écoulée depuis sa sortie de l'hôpital, et la brume de l'anesthésie s'est presque totalement dissipée. Elle se sent plus « présente », même si elle est encore loin d'avoir retrouvé son énergie et sa mobilité. Elle n'a pas encore essayé d'enfiler une brassière ou quoique ce soit d'autre sur sa poitrine. Elle porte un débardeur de coton très fin en guise de sous-vêtement et ne peut envisager une autre solution pour l'instant. D'ailleurs, elle n'ose pas vraiment regarder. Elle voit bien une zone tuméfiée, noire et bleue, avec une immense barre transversale rouge et boursouflée lorsqu'elle se déshabille, mais ne considère pas cette zone comme faisant partie d'elle. Elle attend que « les choses » se soient apaisées pour y regarder de plus près. Combien de temps encore ? Elle n'en a aucune idée. Elle est incapable de voir plus loin que demain. Elle attend la prochaine étape, le rendez-vous post-opératoire, pour connaître la suite des événements : chimiothérapie, radiothérapie, hormonothérapie, rééducation du bras, temps d'attente avant la reconstruction... Peut-être alors sera-t-elle capable de se projeter un peu plus loin. Pour l'instant, Rebecca est comme entre parenthèses. Dépossédée de son esprit et de son corps. Sans aucune idée de la date à laquelle elle pourra se les réapproprier.

Elle se souvient alors de ses grossesses. Ces moments où, pour de toutes autres raisons, elle avait ressenti cette même impression de ne pas être elle-même. Comme ces terribles fringales qui survenaient à tout moment ou ces crises de fou-rire qui la secouaient sans prévenir, ou encore ces irrépressibles envies de dormir à n'importe quel moment de la journée ou de la soirée... Et elle continue alors de remonter le temps. Passant d'un souvenir à l'autre, comme une boule de flipper. D'ailleurs, c'est ainsi qu'elle se sent depuis le début de cette histoire, comme une boule de flipper ballotée d'un rendez-vous à l'autre, d'un médecin à l'autre, d'une salle d'attente à l'autre. Cling. Cling. Cling. Same player, shoot again... Pas de temps mort. Alors là, à ce moment précis, elle fait une pause pour la première fois et laisse son esprit naviguer.

Anna d'abord. Sa première. Sa fille. La prunelle de ses yeux. Et cette grossesse en parallèle de la maladie de sa mère. Cette naissance, suivie de ce décès si peu de temps après. Et Patrick, comme un touriste dans sa propre maison. Comme un étranger dans son lit. Distant. Froid. Chirurgical. Passant totalement à côté de tous ces événements. Et surtout à côté de ce que vivait Rebecca. Elle ne s'en était pas aperçue sur le coup, bien entendu, elle avait d'autres priorités en tête. Mais elle ressentait au plus profond d'elle-même un manque cruel, une douleur violente, de ne pas partager avec son partenaire ces deux événements majeurs de sa vie. Pas une fois il n'avait semblé concerné par ce qu'elle pouvait lui dire au sujet de sa mère et de la distance que cette dernière lui imposait. Il l'écoutait d'une oreille distraite puis disait que c'était « normal ». Comme s'il existait une norme à ce sujet. Comme s'il était « anormal » d'être bouleversée. Pas une fois non plus il n'avait semblé ému par les échographies ou par les soubresauts de son ventre. Un glaçon. Au point qu'à la naissance d'Anna, Rebecca avait été surprise de lire dans les yeux de son époux tant d'amour pour ce petit être. Même s'il ne rejaillissait pas sur elle, c'était déjà pas mal, pensait-elle. Puis, Anna était devenue cette magnifique petite fille, pleine d'énergie et de douceur, curieuse de tout et qui la sollicitait en permanence. Rebecca se laissait dévorer par son amour pour sa fille. Entre douceur et force. Entre observation et action. Et cette idée fixe, de ne pas transmettre sa peur des autres et de tout héritée de sa mère. Cette volonté de faire autrement, alors qu'elle commençait à comprendre et à ressentir cette peur. Comme un revolver braqué sur la tempe, à l'idée que quelque chose pourrait arriver à cette merveille à qui elle avait donné la vie. Cette peur, dès l'instant où elle avait senti cette petite chose bouger dans son ventre. Cette peur dont elle avait su immédiatement qu'elle ne la quitterait plus. Alors que l'insouciance ne serait plus qu'un vague souvenir. Chaque jour, elle renouvelait sa promesse de laisser sa fille partir à la découverte du monde et des autres. Ne sachant si elle en serait capable, mais faisant de son mieux.

Sans l'enfermer dans une case. Sans l'isoler avec ses propres angoisses. Avec succès finalement, puisque Anna semblait libre et épanouie aujourd'hui. Bien dans sa vie. À l'aise avec les autres. Vivant avec les autres. Entourée. Aimée. Tant par ses amis que par Léonard. Et aujourd'hui Rebecca est sereine. Sa fille est heureuse.

Son fils aussi, d'ailleurs. Même s'il semble avoir hérité du mutisme de sa mère et de sa grand-mère. Finalement, la malédiction n'était peut-être pas réservée aux femmes. Même s'il s'agit d'une caractéristique présente chez la plupart des hommes. Enfin c'est ce qu'elle a entendu un certain nombre de fois. « Non mais c'est un homme, il ne te dira rien » « Lui... Il ne parle pas, tu sais bien. Les hommes sont comme ça »... Rebecca déteste ce genre d'idées reçues, elle croit plutôt à la force des influences et autres injonctions subies dès le plus jeune âge. Elle est persuadée que c'est là que tout se joue. Que ce soit à la maison ou à l'école. Pour elle, l'éducation est la clé de tout. La seule arme contre ces étiquettes que les adultes vous collent sur le dos et dont il est si difficile de se détacher en grandissant. Ces attitudes inculquées au plus jeune âge ou au contraire, celles dont on vous pousse à vous défaire et qui font partie de vous, pour la vie. Elle le voit au quotidien, cette place à laquelle chacun est assigné. Par la société. Par la peur du « qu'en dira-t-on ». Par les traditions familiales... Alors ce mutisme qu'elle voit chez Solal, teinté de tant de sensibilité, elle ne peut s'empêcher de se dire qu'elle y est pour beaucoup. Forcément. Malheureusement. Heureusement. Toutes ces bagarres avec Patrick qui pensait, mû par sa testostérone, qu'il fallait endurcir ce gamin qui « pleure tout le temps comme une fillette »,

Rebecca en devenait folle. Elle aime tellement ce caractère à fleur de peau chez son fils. Pourquoi cela serait-il réservé aux femmes ? Bien sûr, elle avait plus peur pour lui que pour Anna. À se promener ainsi, sans protection, il risquait toujours de se blesser. Mais elle le laissait être celui qu'il était. Passant derrière Patrick pour tenter de décoller les étiquettes que ce dernier collait dans le dos de son fils. En revanche, aujourd'hui encore, elle se demandait comment cette sensibilité ne s'était pas mise en travers de sa route pendant ses études. Tous ces examens, toute cette pression, tous ces procès... Avec son empathie et son tempérament, comment avait-il manœuvré pour arriver au bout de ce long parcours de titan sans craquer ? Évidemment, une fois les études passées, tout cela fait de lui un brillant avocat. Tant de force enveloppée de tant de fragilité. La parfaite combinaison entre son père et sa mère.

Rebecca soupire. Comme à chaque fois que ses pensées sont tournées vers ses enfants. Vers sa vie d'avant. Vers son ex-mari. Avec lui, elle s'était tellement oubliée. Faisant en permanence attention à ne pas déranger, à satisfaire ses besoins, à être celle qu'il attendait qu'elle soit... Elle avait fini par disparaître. Cachée derrière lui. Derrière les autres. Et maintenant ça. Alors qu'elle commençait à se sentir bien dans sa vie. Qu'elle avait l'impression de faire des choix qui lui étaient propres. Ça. Et la peur qui s'immisçait de nouveau dans ses pensées. Pas la peur de mourir, non. De cela elle n'était pas effrayée. Mais la peur de la suite. De ces traitements qui rendent visiblement malade. De cette souffrance infligée à son entourage. De cette dépendance aux autres. Surtout. Car c'est bien cela qu'elle craignait en rendant publique sa maladie. Le miroir des autres et de leurs propres souffrances, peurs et angoisses. Même si après une semaine de vie commune avec Colette, elle peut affirmer qu'elle ne regrette pas d'avoir son amie à ses côtés. Elles se retrouvent proches comme elles l'étaient il y a bien longtemps. Dans leur jeunesse. Elle se sentait bien ainsi pour l'instant et s'étonnait de ne pas étouffer. Elle qui avait envie de fuir au bout d'une heure lors de leurs dernières rencontres. Elle qui était aussi heureuse de voir arriver ses enfants que de les voir partir. Comment cela était-il possible ? Enfin, elle était consciente que cela ne servait à rien de ressasser ses peurs, puisque depuis le début de cette aventure, finalement, la seule façon d'avancer semblait être de poser un pied devant l'autre, sans chercher à savoir combien de pas la séparaient encore de l'étape suivante. Alors là, elle est prête à attendre patiemment le rendez-vous médical et à profiter de la présence de son amie...

— Honey I'm home, crie Colette en entrant.

Une jolie routine s'est installée entre les deux femmes.

C'est du moins ce que pense Rebecca. Mais dès le lendemain, Colette vient rompre ce train-train et annonce à Rebecca qu'elles dineront dehors deux jours plus tard, avec quelques uns de leurs amis.

— Mais... je ne peux pas...

— Ah bon ? Tu dînes avec d'autres amis ?

— Non ! Mais c'est le jour de mon rendez-vous avec l'oncologue,

— Et tu penses qu'il va te garder pour le dîner, ton oncologue ? Allez, viens, cela te changera les idées,

— Me changer les idées ? Non mais il ne s'agit pas vraiment d'un petit chagrin d'amour à soigner à coup de rhum ou de vodka... Cette fois, me changer les idées ne me mènera pas bien loin...

— OK, ne t'emballe pas. J'avoue, l'expression n'était pas bien choisie mais l'idée n'en est pas moins bonne, parce que contrairement aux chagrins d'amours qui s'estompent avec beaucoup de rhum et un peu de temps, cette fois, tu vas devoir vivre avec ce cancer et son fantôme même une fois que tout cela sera derrière toi. Il va faire partie de toi, alors autant continuer à vivre et à être entourée de ceux que tu aimes. C'est bien ce que tu voulais, non ? Continuer à voir et à être vue pour celle que tu es ?

— Oui, mais justement, je n'ai pas « l'habitude » de les voir. Et là... dit-elle, montrant tout son corps de son bras valide... Ai-je besoin d'en rajouter ?

Malgré l'argumentation et le regard de cocker de Rebecca, Colette emporte la partie. Rebecca va donc sortir et passer une soirée avec ses amis. Et cela fera tout autant partie de sa vie que ce rendez-vous médical et son cancer.

Colette se demande si elle n'est pas allée trop loin. Comment savoir avec Rebecca ? Elle est comme un coffre fort. Ne dit rien de ce qu'elle ressent. Toujours tirée à quatre épingles. À l'image de son appartement. Là non plus, jamais rien ne dépasse. Comme une page de magazine... ou une chambre d'hôpital. Rien sur la table basse. Ni magazine ni télécommandes, le tout rangé en permanence dans un tiroir. Idem dans la cuisine, où égouttoir et évier sont toujours vides et immaculés. Pareil dans la salle de bains, ni brosse à dents ni dentifrice visibles sur la tablette du lavabo. Pas de gel douche ou de shampooing non plus sur le rebord de la baignoire. Aucune trace visible de son intimité. Ni de ses sentiments. Tout cela est bien rangé à l'abri des regards. Toujours. Alors ce coup de téléphone... Forcément, Colette ne pouvait que l'interpréter comme un appel au secours. Pour la première fois depuis qu'elles se connaissaient, son amie déclarait avoir besoin d'elle à ses côtés. Rebecca ne l'aurait sans doute pas appelée s'il s'agissait de lui apporter une simple aide domestique. Cela signifiait donc certainement qu'elle souhaitait un soutien moral. D'ailleurs, qui n'en aurait pas besoin en de pareilles circonstances. Toute la difficulté de cette situation résidait dans le dosage. Comment bousculer la solitude de Rebecca tout en la respectant ? Pour Colette, tout cela était bien délicat. Un véritable travail de dentellier. Car si les deux amies sont très indépendantes, elles n'ont jamais eu la même attitude vis-à-vis des autres. Colette n'a jamais vécu avec aucun de ses partenaires amoureux et n'a pas d'enfant mais elle fait une immense place à ses amis, au téléphone aussi bien que dans la vraie vie. Rebecca est à l'opposé. Si elle a vécu avec mari et enfants, depuis leur départ, elle ne cherche jamais aucune compagnie. Elle passe tout son temps seule, dans son bel appartement immaculé. Colette avait bien vu comment son amie avait balayé tout son entourage d'un revers de manche après son divorce. Sans le moindre haussement de sourcil. Sans chercher d'excuse. Elle répondait simplement par la négative à chaque invitation. Et personne ne s'autorisait à discuter ses refus. Ils semblaient si... fermes et définitifs. À l'époque, Colette avait imaginé que c'était à cause des enfants qui étaient petits et accaparaient son amie. Mais avec le temps, rien ne changeait et aujourd'hui, alors que Solal et Anna sont devenus des adultes, Rebecca n'a toujours pas repris part à leurs sorties entre amis. Bien au contraire, elle semblait totalement épanouie dans son isolement.

Aujourd'hui, puisque son amie lui a demandé, précisément à elle, de l'accompagner dans ce moment de sa vie, Colette ne va pas faire semblant d'être une autre. Elle va entourer Rebecca de ceux qui l'aiment et qu'elle a mis à distance depuis longtemps, ceux qu'elle « n'a plus l'habitude de voir », comme elle le dit elle-même. Son amie saura s'exprimer si cela ne lui convient pas. Mais en attendant, Colette va mettre tout en œuvre pour qu'elle se sente entourée. Un peu d'attention ne pourra pas lui faire de mal.

Elle a le cœur dans les chaussettes. L'estomac dans la gorge. Depuis hier. Elle n'a pas dormi. Encore. Elle est en avance. Elle attrape un recueil de poèmes dans la bibliothèque de la salle d'attente puis le repose. Sort son téléphone de son sac, le range. Elle a promis à ses enfants et à Colette de les prévenir dès qu'elle sortira de son rendez-vous. Ils ne cessent de lui envoyer des messages pour le lui rappeler. Elle sait. Elle ne répond pas. Attend son tour. Deux personnes encore avant elle. Elle se décide finalement à répondre aux messages de ses enfants « Non, je n'oublierai pas. Je vous écris dès que je sors. » « Oui, oui, ça va, je ne stresse pas trop ». Bien sûr qu'elle stresse. Elle est même pétrifiée de peur. Mais elle ne va pas le leur dire, ils seraient capables de la rejoindre toutes affaires cessantes. Et elle se sentirait alors obligée de les rassurer, c'est bien son rôle de mère, non ? Là, elle est seule face à elle-même et peut laisser libre cours à ses sensations. La peur lui noue l'estomac. Et c'est normal. Elle tente de respirer normalement...

J'inspire. J'expire.

J'inspire. J'expire. J'allonge l'expiration...

Enfin, c'est son tour. Tiens, il a changé de lunettes, monture acier très fines. Ça lui va bien. Costume gris foncé. Chaussures noires. Elle ne peut s'empêcher de détailler sa tenue, comme si cela pouvait avoir un lien quelconque avec ce qu'il allait lui annoncer. « Comment allez-vous ? ». Drôle de question tout de même. « Bien. Un peu mieux chaque jour ». De nouveau torse nu – enfin ce qu'il en reste. « Vous cicatrisez très bien. C'est parfait ». Il retire les fils. Rebecca baisse le regard vers cette immense zone noire, bleue, violette, boursoufflée et étrangement douloureuse. Vers cette barre transversale légèrement rouge et gonflée. Là où trônait son sein gauche, du temps où ce dernier était inconscient du sort qui le guettait. « Voilà, vous pouvez vous rhabiller ».

Ils sont maintenant face à face, l'immense bureau recouvert de dossiers entre eux. « radiothérapie... chimio pas sûr... hormonothérapie, plus tard... attendre la cicatrisation complète... reprendre rendez-vous... ». Il ne lui dit rien de plus sur ce qui va suivre. Mais quand ? Quand va-t-elle savoir ? Quand sa vie va-t-elle de nouveau être normale ? Elle ressort de là comme d'un combat de boxe. Au bord du KO. Jambes flageolantes, regard perdu dans le vide, elle marche comme si elle était ivre. Évidemment, elle ne pense pas à appeler qui que ce soit, ni même à envoyer un message. Son téléphone ne cesse de vibrer dans son sac. Elle ne le sent pas. Ne s'en préoccupe pas. A envie de crier. De pleurer. De vomir. Comment est-elle arrivée chez elle ? Elle ne le sait plus. Colette l'attend. Ses enfants aussi. Mais que font-ils là ? N'ont-ils pas des choses à faire ? Un travail ? Elle dit cela en hurlant. Les mots de Rebecca rebondissent sur les murs du salon. Elle se calme. S'assoit. Ils suivent le mouvement. Ils ne disent rien. Ils ne lui demandent pas pourquoi elle ne leur a pas envoyé de message en sortant. Ni pourquoi elle arrive si tard. Ne posent pas de questions. « Je cicatrise bien » dit-elle. « Il ne m'a rien dit d'autre. Je vais peut-être avoir de la radiothérapie, je ne sais pas combien de séances, je ne sais pas où cela se passera, ni quand, ni même ce que cela veut dire... Je ne sais rien. C'est insupportable mais c'est ainsi ». « Ils attendent encore le résultat d'un examen qui définit un taux de récidive potentiel. C'est en fonction de cet indice qu'ils déterminent le protocole ». « Bon » répondent-ils dans un même élan. Elle leur dit qu'elle a de nouveau rendez-vous dans dix jours. Leur dit que ça va aller. Que c'est gentil d'être là. Qu'elle est désolée d'avoir réagi ainsi. « Tout va bien, va te préparer, nous allons dîner dehors. J'ai choisi un resto qui va te plaire. Je suis sûre que ça va te remettre la tête à l'endroit », dit Colette.

Rebecca n'est pas en état de discuter. Ses enfants l'embrassent, repartent. Elle va dans la salle de bains. Se douche. Se rhabille. Sort.

Elle va se forcer mais ne pense vraiment pas que ce dîner va lui permettre de dissiper l'état de choc dans lequel ce rendez-vous l'a plongée... Elle n'a pas le temps de se pencher sur la question. Colette l'attend déjà devant la porte.

ELLE ÉTAIT LÀ. PRÉSENTE. ENTIÈRE.

Elle a même ri. Bu. Mangé. Discuté. Avec tout le monde. Avec chacun d'eux. Rebecca a aimé cette soirée. Colette avait raison : ça lui a changé les idées. Enfin non, mais cela a créé une parenthèse agréable. Elle s'est ouverte à d'autres sujets. S'est intéressée aux autres, comme elle aimait à le faire. Ceux qui étaient là et même ceux dont ils parlaient et qui n'étaient pas avec eux. Elle était à son aise. Y avait pris du plaisir. Elle avait même parlé d'elle. De sa vie, de ses grands enfants et de son cancer. Avec calme. Sans larmes. Sans qu'aucun d'eux ne la mette mal à l'aise. Sans trouver cela déplacé. Puis elle avait dit stop. Voulait parler d'autre chose. Et la conversation avait roulé autour de leurs familles. De leurs appartements et maisons de campagne. De leurs sorties. De l'état du monde. De la vie. Elle ne pensait pas que ce serait possible mais elle avait vraiment passé un bon moment. Puis elle eut envie de rentrer chez elle. Il était question d'aller prendre un verre ailleurs. Elle aspirait au calme. Se sentait d'un coup d'un seul totalement épuisée. Avait besoin de retrouver son intimité. Elle les avait laissés sur le trottoir devant le restaurant en train de discuter. Une fois dans le taxi, elle ferma les yeux et laissa ses pensées vagabonder dans le silence de la nuit. Un sourire encore dessiné sur ses lèvres : enfin seule.

– Oui, j'ai aimé ce moment, mais j'ai aussi adoré retrouver le calme de mon appartement.

– Tu vois ! Je t'avais dit que c'était une bonne idée.

– N'en tire pas une trop grande gloire non plus. Cela ne veut pas dire que je vais te suivre tous les jours dans tes agapes.

– Je m'en doute, c'est bien pour cela que j'en profite ! Tant que tu me tolères.

Colette est surprise. Elle n'avait pas envisagé une seconde que Rebecca puisse témoigner le moindre enthousiasme au sujet de cette soirée. Elle pensait que son amie allait lui dire que c'était la dernière fois qu'elle se laissait embarquer ainsi. Qu'elle est très bien chez elle. Seule. Qu'elle n'a pas besoin de se changer les idées mais de savoir ce qui va lui arriver. Si elle va subir de la chimio ou pas. Connaître la date à laquelle on va lui rendre sa vie... Colette est de plus en plus étonnée.

En plus de l'accueillir chez elle, son amie est donc capable de modifier son comportement. De s'ouvrir aux autres. Elle ne crie pas victoire, mais presque. Elle peut donc poursuivre sur cette lancée... Bousculer son amie. Elle est heureuse de cela. Elle ne peut s'empêcher de le dire lorsque Anna appelle sa mère le lendemain pour prendre des nouvelles. Tandis que Rebecca parle avec sa fille, Colette crie « ta mère s'est amusée comme une folle »... Et cela ne fait même pas bondir Rebecca.

Alors Colette n'attend pas longtemps pour proposer d'autres soirées. Et Rebecca accepte. Prenant plaisir à s'habiller pour sortir. Surtout depuis qu'elle a trouvé des soutien-gorges adaptés, faits pour que l'on puisse y glisser une prothèse externe. Et elle se dit que cela fait encore une similitude avec ses grossesses... Le corps qui se transforme, la garde-robe qu'il faut adapter... Rebecca se souvient de ces essayages lorsqu'elle attendait Anna, de cette énorme poitrine qui débordait de toutes parts. Ce n'est pas tout à fait la même histoire puisque cette fois, c'est d'absence qu'il est question. D'asymétrie. Mais de nouveau, il faut composer avec les changements. Accepter un nouveau corps. Elle avait cherché sur internet et trouvé deux magasins non loin de son domicile. Dans le premier, elle eut l'impression d'entrer dans une clinique, l'ambiance ne lui avait pas donné envie de faire des essayages. Alors elle s'était dirigée vers la seconde adresse. La boutique était plus petite. Avec un petit quelque chose de désuet dans la décoration, elle s'attendait presque à ce qu'on lui propose des gaines et des combinaisons. Les vendeuses étaient parfaites : très à l'écoute et connaissant leur job et cette maladie, elles prodiguaient de bons conseils sans pour autant être envahissantes. Elle essaya trois modèles, accompagnés de la prothèse en silicone qui compensait l'absence. Pas très sexy, c'est un fait. Mais elle était contente de retrouver une silhouette équilibrée. Elle en choisit deux. Les plus confortables et doux sur la cicatrice. Une fois habillée, personne ne pouvait se douter de quoique ce soit... Elle était ressortie de là en se tenant droite, comme avant. Si l'on occultait l'angoisse liée à ce protocole encore inconnu et aux incertitudes liées à cette situation, Rebecca se sentait bien. Dans ses bons jours, elle pensait que tout cela allait finir par se mettre en place et qu'elle était entre de bonnes mains. Mais la plupart du temps, elle se posait des milliards de questions et n'en pouvait plus de cette interminable attente. Nostalgique de sa vie d'avant. De sa routine. De ces heures qui défilaient sans angoisse. Colette ayant pris la main sur son emploi du temps, la nostalgie n'avait pas le temps de s'installer. D'ailleurs, ce soir elles sortent de nouveau. Colette a organisé une soirée au théâtre avec quelques amis. À croire que cette dernière ne se déplace qu'en meute, son partenaire étant de la partie ou pas. Alors Rebecca s'intègre à la bande, comme du temps où elle était jeune. Du temps où elle fréquentait celui qui allait devenir son mari. Ce temps où elle passait sa vie dehors. Tournée vers les autres et le monde. Colette n'avait jamais cessé de vivre ainsi. Alors que Rebecca avait changé dès la naissance d'Anna. Encore plus avec celle de Solal. Et radicalement après son divorce. Mais finalement, ces derniers temps lui plaisent aussi. Elle en est elle-même surprise, et n'ose imaginer ce qu'en pensent ses enfants. Elle apprécie réellement ces sorties. Ces conversations animées avec ceux avec lesquels elle n'échangeait que de manière virtuelle depuis un moment. Et ce retour au calme, une fois chez elle, attendant l'arrivée de Colette qui rentrait toujours plus tard qu'elle, lui laissant un temps pour elle.

Pourtant, en se couchant ce jour-là, elle prend une décision. Dès le lendemain, elle dira à son amie qu'elle est de nouveau autonome et l'invitera à rentrer chez elle.

« AH... TU ES SÛRE ? Oui, évidemment. Tu l'es toujours. Enfin si jamais tu changes d'avis, tu sais où me trouver. Tu as vu, je ne suis pas encombrante. Bon, je passe la journée avec toi pour préparer le repas de ce soir et je partirai avec les derniers invités après le dîner. »

Une journée entre courses et cuisine.

Une soirée entre amis.

Un réveil seule chez elle.

Elle avait presque fini par trouver ça normal, ces petites conversations avec son amie au petit déjeuner. Aujourd'hui, seule dans sa cuisine, malgré la radio, Rebecca entend le silence, le vide autour d'elle. Et l'angoisse de ce rendez-vous à venir avec son oncologue. La gorge nouée, elle se demande si cette fois, elle va avoir un peu plus d'informations sur la suite des événements. Son téléphone ne cesse de vibrer, des messages de ses enfants et de Colette, de quelques uns de ses amis, qui demandent ce qu'il en est. Elle n'y prête pas attention : c'est devenu une habitude... Étrange ce qui se transforme en habitude, se dit Rebecca. Elle sait qu'ils ne la laisseront pas passer sa soirée seule chez elle, se demande si elle se laissera faire et se dit que finalement, il sera toujours temps de prendre une décision. Elle en est là de ses réflexions lorsqu'elle arrive à son rendez-vous. Comme les dernières fois, elle n'est pas seule dans la salle d'attente, mais elle sait que ce n'est jamais long. Comme les dernières fois aussi, son téléphone continue de vibrer et elle ne répond pas. Enfin, le médecin l'invite à entrer dans son bureau, l'ausculte. Elle est concentrée. Suspendue à ses lèvres. Comme au-dessus du vide. Et les mots tombent. Enfin.

Oui, la chimiothérapie est finalement inévitable. Le taux de risques de récidive est trop élevé. Cinq mois de traitements, suivis de cinq semaines de radiothérapie, et enfin de l'hormonothérapie, pendant au moins cinq ans, probablement sept, peut-être même dix. Pour ce qui est de la reconstruction, pour l'instant, ce n'est pas à l'ordre du jour. Rebecca ne va pas le contredire sur ce dernier point, apparemment, les festivités ne font que commencer. Et oui, elle va très probablement perdre ses cheveux, peut-être pas tous, car des progrès ont été faits dans ce domaine aussi. Pour ce qui est de la fatigue et des autres effets indésirables de la chimio, chaque patiente est différente. Quoiqu'il en soit, l'oncologue qui va prendre le relais lui répondra certainement de manière plus précise. Elle va voir avec sa secrétaire pour fixer un rendez-vous avec ce dernier et ses questions trouveront alors leurs réponses.

Le soulagement d'entendre enfin la suite du programme cède rapidement sa place aux questionnements. Puisqu'elle n'a pu suivre sa mère dans sa traversée de la maladie, elle n'a aucun repère. Aucun moyen de se projeter. Elle pense à ce rendez-vous chez le coiffeur qu'elle doit fixer pour couper sa longue chevelure. Elle a aussi entendu parler de sècheresse cutanée et se demande si elle devra renouveler tous ses produits, du gel douche à la crème hydratante. Trop de questions... Elle commence à dresser une nouvelle liste sur son téléphone, tout en se dirigeant vers son domicile. Ne peut s'empêcher de penser à l'immense solitude dans laquelle sa mère s'était enfermée face aux mêmes événements, alors que sa réaction est d'appeler Colette pour partager avec elle ses préoccupations : foulard ou perruque ? Méditation ou course à pied ? Yoga ou acupuncture ? Et surtout quelle coupe de cheveux pour préparer le terrain ? Elle s'ouvre spontanément aux différentes possibilités existantes pour amoindrir les effets de ces traitements. Elle ne dit non à rien. En tout cas, pas avant d'avoir discuté avec l'oncologue et initié le processus. Elle écoute et absorbe les informations. Sait qu'elle a du temps pour choisir telle ou telle option. En rentrant chez elle, elle va directement dans la salle de bains, ouvre le robinet d'eau chaude et laisse couler l'eau sur elle, se concentre sur la sensation de ses longs cheveux mouillés plaqués sur son dos, consciente que ce ne sera bientôt plus le cas. Une question en suspens : qui sera-t-elle au sortir de cette maladie ?

Elle se regarde dans le grand miroir face à elle. Son coiffeur lui avait toujours dit qu'il avait plein d'idées si elle voulait passer au court. Alors elle se livre. Lui expose la situation. Il la rassure : des clientes sont déjà passées entre ses mains dans le même contexte. Ils discutent longuement de la longueur et de la coupe qu'elle pourrait adopter. Elle les veut très très courts. Elle ne supporte pas l'idée de perdre des cheveux longs et elle a entendu que le casque réfrigérant proposé lors des chimios était plus efficace sur les cheveux courts. Il a bien compris. Est persuadé que c'est le bon choix pour elle. Elle se sent entre de bonnes mains. Il travaille d'abord sur cheveux secs. Procède par étapes. Commence par couper juste au-dessus des épaules avant de tailler dans la masse. Elle regarde les mèches recouvrir peu à peu le sol tout autour d'elle. Se met à parler. Elle lui raconte la dernière fois qu'elle avait porté les cheveux courts, lorsque toute jeune elle avait voulu essayer un autre style. Se souvient qu'elle avait aimé... pendant environ trois semaines. Passé ce délai, elle avait l'impression qu'elle ne ressemblait plus à rien, avait entretenu sa coupe courte pendant un an, retournant chez le coiffeur toutes les six semaines. Puis, sa chevelure lui avait manqué. Elle avait fini par éprouver de nouveau le désir de sentir cette épaisseur entre sa tête et son oreiller, d'esquisser ce geste pour les sortir de sa chemise ou de son foulard. Les avait laissé pousser. Avait supporté ces longueurs intermédiaires où elle n'avait plus aucune allure. Essayait foulards, bandeaux, barrettes et toutes sortes d'accessoires qu'elle n'affectionnait pas particulièrement. Jusqu'à ce qu'ils redeviennent longs. Tout en parlant, confortée par cette main pleine d'assurance qui taillait dans la masse, elle se dit qu'elle allait y arriver. Qu'elle se sentirait elle-même, même sans ses cheveux longs. Alors qu'elle n'avait eu aucun doute sur le fait qu'un sein en moins n'allait pas altérer sa féminité, la perte des cheveux, cils, sourcils et autre poils lui paraissait a priori plus difficile à vivre. Même sans un partenaire avec lequel partager son intimité. Sans parler de la sècheresse cutanée, de la perte de la libido et des ongles qui se dédoublent... De cela, elle ne dit rien. Gardant pour elle ses réflexions sur la féminité. Elle ferme les yeux lorsqu'il commence à tailler dans la masse. Et se demande ce qu'elle va encore entreprendre pour se préparer à cette première chimio : manucure pour protéger ses ongles, inscription à des cours de yoga ou de méditation afin de se détendre, rendez-vous avec son psy qu'elle n'avait pas revu depuis son divorce, avec un nutritionniste peut-être... Elle en a déjà parlé avec Colette, mais n'a encore pris aucune décision.

Et à chaque fois que ses pensées se posent sur le sujet, c'est-à-dire très souvent, se joue dans sa tête le générique de la série 24h chrono. Le compte à rebours... En attendant l'explosion. Elle revient à l'instant présent et se concentre sur ses sensations. Les ciseaux lui paraissent maintenant assez près de son crâne. Elle a envie de passer sa propre main sur sa nuque. De sentir le volume sous ses doigts. Sur le signal de son coiffeur, elle ouvre de grands yeux pleins d'appréhension. Découvre son nouveau visage dans le miroir. Il n'est plus question de poivre et sel, ni de grisonnant : ses cheveux sont totalement gris. Elle se cherche du regard. Tourne la tête, droite, gauche... Pas si mal. Encore quelques coups de ciseaux. Quelques mèches déplacées. Il lui dit qu'il la trouve superbe comme ça. La conduit au bac pour le shampooing. Masse son cuir chevelu. Ils s'installent de nouveau face au miroir pour les finitions. Elle se sent détendue. Sourit à son propre reflet dans la glace. Ses yeux lui semblent plus grands, sa mâchoire plus carrée, ses traits plus anguleux. Elle passe sa main sur sa tête. Aime cette sensation. Se sent légère.

Elle marche dans la rue, concentrée sur ses sensations. Et c'est comme si son centre de gravité s'était déplacé. Elle se sent même plus grande. Et elle comprend alors que le seul choix qui s'offre à elle est de continuer sur cette voie. Plus elle va embrasser les effets secondaires des traitements, plus elle sera forte. Après tout, elle n'est plus malade. Le cancer a été retiré en même temps que ce sein. Les traitements qu'elle va subir sont préventifs, mis en place dans le but d'éviter des récidives. Alors, elle se sent prête à faire corps avec les événements pour traverser cette longue période de transition.

Dans cinq petits jours, elle va subir sa première chimio. La bombe est sur le point d'exploser.

LA DÉFLAGRATION N'A PAS TOUT EMPORTÉ. Elle a un peu la nausée mais c'est tout à fait supportable pour l'instant. L'heure et demie est passée. Elle a eu froid. L'espèce de casque ou de bonnet réfrigérant censé limiter la perte des cheveux faisait probablement baisser la température corporelle. Elle a eu soif aussi. Envie d'un thé. La prochaine fois, elle prendra son plaid préféré et se préparera un Thermos de thé vert, du Kukicha, son préféré. Elle n'a parlé à personne. N'a pas ouvert le livre qu'elle avait pris avec elle. Elle était incapable de se concentrer. A envoyé deux messages, les deux à Colette qui lui demandait son avis sur des restaurants pour leur prochain dîner. Elle ne pouvait pas l'aider à choisir. N'arrivait pas à se projeter. Elle était trop shootée pour penser à manger et l'odeur de la Bétadine n'arrangeait en rien son état. Enfin libérée, elle est rentrée chez elle en voiture, utilisant le bon de transport proposé pour l'occasion. Maintenant qu'elle est presque arrivée chez elle, elle ne pense qu'à une chose : se changer, s'allonger sur son canapé, bien couverte, et fermer les yeux. Colette allait passer et Anna aussi mais elle a encore un peu de temps. Elle n'a pas prévu de bouger de chez elle pendant au moins quarante huit heures. Peut-être même s'accordera-t-elle une troisième journée de rien si les deux premières ne s'avéraient pas suffisantes. Et même une quatrième s'il le fallait. Mais chaque chose en son temps.

Une sieste et déjà elle se sent un peu mieux. La nausée semble s'estomper. À peine ouvre-t-elle ses yeux qu'ils se referment tous seuls. Deux heures plus tard, Colette arrive. Rebecca est toujours somnolente sur son canapé. Elle ne parvient pas à ouvrir la bouche. Alors les deux amies ne se parlent pas. Colette prend son livre et elles restent toutes deux ainsi jusqu'à ce qu'Anna sonne à la porte. Cette dernière se met immédiatement en cuisine avec Colette pour cuisiner. Elles s'affairent à la préparation d'un riz et de lentilles corail : ça se mange sans faim et ça passe tout seul. Rebecca n'en est pas si sûre mais elle les laisse faire. Elle sait qu'elle ne trouvera pas les arguments pour les dissuader de cuisiner pour elle. Elles sont là pour la bichonner, rien ne sert de lutter. Elles veulent se rendre utiles, lui montrer leur attention. Quoiqu'il en soit, Rebecca n'a absolument aucune énergie. D'ailleurs elle se rendort illico. Voyant son amie si faible, Colette décide de passer la nuit chez elle. Elle en parle à Anna qui approuve cette décision et s'en trouve même soulagée. Colette se fait toute petite, une présence rassurante et pas envahissante. Au moment de dîner, elle ne force pas son amie à manger. Rebecca dort douze heures d'affilée.

Le lendemain, son programme n'est pas très différent.

Le surlendemain non plus. À la seule différence qu'elle renvoie Colette chez elle, car elle s'en sent capable et a envie de se retrouver un peu seule. Solal passe la voir. Elle boit un thé avec lui. Échange des messages avec quelques amis.

Et le soir, elle prend sa tablette pour regarder une série. Aucune ne retient son attention. Alors, elle surfe, passant d'un site à l'autre.

Domenico92

Bonjour, vous mesurez combien ?

C.1947

Slt, comment allez-vous ?

Seb007

Bonjour, Bérénice... Bérénice est-il votre véritable prénom ?

Philippe75

Bonsoir Bérénice.

FredParis19

Bonjour Bérénice, voyons si nous avons des choses à nous dire...

Des noms énigmatiques. Des messages courts, sans queue ni tête, invitant à répondre ou pas... Rebecca sourit en lisant ces mots dont elle ignorait l'existence jusqu'à ce jour. Elle avait oublié ce site de rencontre sur lequel ses enfants l'avaient inscrite. Elle passe en revue ces photos d'inconnus, floues, visiblement trafiquées ou mal cadrées. Ces sourires figés. Ces photos de paysage. Se demande ce qui se passe dans la tête de celui qui met une photo de paysage ou de chien pour accompagner un faux nom ? Elle lit ces descriptions maladroites qui sont loin de ressembler à une invitation au rêve. Sites de rencontre ou pas ? Elle ne s'était pas fait de religion sur ce sujet. Là n'était pas la question pour elle. Il s'agissait plutôt de savoir si elle avait envie ou pas d'une relation. Jusque-là, ce n'était pas le cas. Mais aujourd'hui, en lisant ces messages, sa curiosité est éveillée. Elle ne cherche rien, juste à passer le temps. À décortiquer le mécanisme des rencontres. Alors pourquoi ne pas essayer ? Après tout, que risque-t-elle ? Elle est cachée derrière sa tablette qu'elle peut éteindre à tout moment. Derrière une fausse identité aussi. Lorsque ses enfants l'avaient inscrite, ils lui avaient demandé de choisir un pseudo. Bérénice est son nom d'emprunt. Elle peut donc dire ce qu'elle veut. Personne ne viendra la débusquer, sauf si elle le décide. Et là encore, elle en aura défini les termes.

Alors, elle en choisit un, parmi ceux qui lui ont répondu. Celui qui l'intrigue le plus. Celui qui semble le plus joueur...

Bérénice75
Bonjour Seb007. Oui, bien entendu, Bérénice est mon vrai prénom, tout comme le vôtre d'ailleurs. N'est-ce pas agent 007 ?

Une petite fille qui vient de commettre une bêtise. Rebecca éteint la tablette juste après avoir appuyé sur la touche « entrée », comme si elle risquait d'être surprise en flagrant délit. Elle se demande si elle va recevoir une réponse. Va se préparer un thé. Lorsqu'elle est de retour sur son canapé, elle allume de nouveau la tablette et s'étonne de voir qu'une réponse l'attend déjà. La chance du débutant ?

Seb007
Démasqué. Mince. Il ne me reste plus qu'à décliner mon identité, histoire de démarrer sur de bonnes bases. Sébastien, 60 ans, divorcé depuis 10 ans. Un enfant, adulte et marié depuis un moment d'ailleurs. Deux petits-enfants. Ex-professeur de mathématiques. À la retraite

depuis peu. J'aime la course à pied et la mozzarella. Et aussi un peu les vieux films en noir et blanc, même si ça fait ringard (dixit mes petits-enfants).
À vous Bérénice...

Bérénice75

Bérénice, 57 ans, divorcée depuis plus de 20 ans.
Deux grands enfants. À la retraite depuis peu aussi. J'aime la natation et le thé vert. Et aussi la lecture. Que cherchez-vous ici Seb007 ?

Seb007

Vous avez mis beaucoup de temps à répondre à mon message et soudain, cette question, si brutale... Je cherche une femme pour me cuisiner mes repas, faire ma lessive et repasser mes chemises ! Et vous ?

Bérénice75

J'ose espérer qu'il s'agit là d'humour... Difficile d'en être certaine alors que vous êtes caché derrière votre écran. Pour ma part, je cherche un homme riche capable d'assurer mon avenir. Je pense que nous sommes faits pour nous entendre, mon cher 007.

Seb007

Alors, c'est parfait ! Enfin, la chance me sourit... Il n'y a plus une minute à perdre, retrouvons-nous pour dîner...

Bérénice75

Quelle précipitation ! Peut-être pourrions-nous commencer par l'apéritif ? Ou même des amuse-bouches... Ainsi, si je ne vous plais pas, vous pourrez vous enfuir sans avoir perdu trop de temps. N'est-ce pas plus raisonnable ?

Seb007

Je refuse d'être raisonnable ! Mais je respecte votre décision... Alors, je vous propose de poursuivre nos échanges par mail, et de nous retrouver dans un cadre un peu plus intime que ce site ? Là, je me sens observé, je ne saurais vous expliquer pourquoi...

Bérénice75

Vous êtes un fin psychologue mon cher 007, bien que quelque peu paranoïaque. Mais j'accepte votre proposition : poursuivons notre relation sur ce mode épistolaire encore un moment avant de nous rencontrer, histoire de vérifier qu'il existe de réelles affinités entre nous. Je détesterais être déçue de notre premier rendez-vous. Mon adresse mail est rmaier@gmail.com. À tout à l'heure, en toute intimité.

De : sebcestbien@gmail.com
À : rmaier@gmail.com
Objet : En toute intimité

Ma chère Bérénice,

Une adresse mail intitulée rmaier, alors que vous prétendez vous appeler Bérénice... Qu'avez-vous emprunté, la boîte mail ou le prénom ? Vous m'intriguez...

Je vous sens pleine de ressources, et j'ose espérer que l'intimité du mail va me permettre de lever le voile sur quelques mystères.

Cela n'a rien à voir, mais j'ai regardé hier pour la millième fois La mariée était en noir. Que j'aime ce film et mon Dieu que Jeanne Moreau était belle... Je ne voudrais pas paraître plus vieux que je ne le suis, mais je ne vois pas d'actrice de cette envergure dans les nouvelles générations. Des réalisateurs talentueux, oui. Mais des actrices de cette trempe, cela me semble bien plus rare. Est-ce lié au charme du noir et blanc ? Au rythme qui semble plus lent ? Je ne sais pas... Qu'en pensez-vous ?

Votre dévoué 007.

De : rmaier@gmail.com
À : sebcestbien@gmail.com
Objet : En toute intimité

Très cher 007,

Vous me parlez de cinéma, de Jeanne Moreau (que j'adore), de Truffaut (que j'apprécie tout autant). Alors, je vais vous parler littérature, car je me sens un peu plus à l'aise dans ce domaine.

« *La première fois qu'Aurélien vit Bérénice, il la trouva franchement laide. Elle lui déplut, enfin. Il n'aima pas comment elle était habillée. Une étoffe qu'il n'aurait pas choisie. Il avait des idées sur les étoffes. Une étoffe qu'il avait vue sur plusieurs femmes. Cela lui fit mal augurer de celle-ci qui portait un nom de princesse d'Orient sans avoir l'air de se considérer dans l'obligation d'avoir du goût.* ».

Ces mots composent le premier paragraphe du roman Aurélien, écrit par Aragon et publié pour la première fois en 1944. Ce livre est l'un de ceux qui ont marqué ma vie de lectrice. Cet incipit, unique en son genre. Le rythme de cette écriture. Cette Bérénice que l'on trouve laide au premier regard et qui séduit Aurélien de fil en aiguille et nous éblouit un peu plus à chaque page que nous tournons... C'est ce personnage qui m'a inspiré ce nom d'emprunt. Car oui, vous l'aviez compris, Bérénice n'est pas mon vrai prénom.

Rebecca. Je m'appelle Rebecca. D'ailleurs, je dois ce prénom à une autre héroïne, qui a marqué ma mère avant moi : la Rebecca de Daphné Du Maurier. Une histoire assez sombre. Une héroïne mythique (selon moi), qui n'a pas inspiré que ma mère puisque Alfred Hitchcock, le maître absolu du suspense en personne, en a fait un film. Magnifique, bien sûr. Il se trouve que ma mère était professeur de lettres. C'est d'elle que je tiens mon amour pour les livres et c'est en son honneur que j'ai choisi les prénoms de mes deux enfants : Anna pour mon aînée, comme Anna Karénine et Solal, pour mon fils tout comme le héros d'Albert Cohen. Alors, au moment de choisir un pseudo, j'ai cherché parmi mes héroïnes de littérature préférées et j'ai choisi Bérénice. Tradition oblige...

Vous connaissez désormais ma véritable identité et un pan de mon histoire, j'espère que vous en ferez bon usage,
Au plaisir de vous lire,

Votre future repasseuse.

De : sebcestbien@gmail.com
À : rmaier@gmail.com
Objet : En toute intimité

Ma chère Rebecca (puisque tel est votre prénom),

Je me sens tout petit avec toutes ces belles lettres... Moi qui ne suis que Seb007. Faites-vous cela avec toutes vos conquêtes pour les mettre à vos pieds ? Heureusement pour moi, j'ai vu le Rebecca de Hitchcock. Ai-je passé le test ? Pouvons-nous prendre un verre maintenant que j'ai un bon point ? Je pressens une réponse négative, je ne sais pas pourquoi... Sachez que si vous acceptiez, vous feriez de moi l'agent le plus heureux du monde. Je suis votre homme, dites-moi quand et où et j'y serai.

Votre dévoué.

De : rmaier@gmail.com
À : sebcestbien@gmail.com
Objet : En toute intimité

Mon cher agent,

Je vous sens impatient... Je vous vois flatteur...
Et je vais creuser mon sillon. Je ne peux accepter votre proposition, qui, en plus d'être prématurée à mon goût, tombe au mauvais moment pour moi puisque je dois m'absenter quelques temps. Je serai dans les jours prochains en un lieu coupé du monde. Dépourvu de toute connexion. Je ne pourrai ni lire votre prose, ni vous en envoyer, et encore moins vous rencontrer.
Sachez que si je n'y étais pas contrainte, je n'irais pas.
Je reprendrai le chemin de votre boîte mail dès mon retour. Et à ce moment, peut-être sera-t-il temps de nous rencontrer en chair et en os, de nous frôler... Qui sait ?

Votre intrigante.

De : sebcestbien@gmail.com
À : rmaier@gmail.com
Objet : En toute intimité

Ma chère intrigante,

Encore une fois, vous me laissez sur ma faim. Non contente de décliner ma proposition, vous me laissez de nouveau en suspens. Ma curiosité est piquée au vif. Moi qui commençais à prendre goût à ces échanges... Il ne me reste plus qu'à tenter de me cultiver pour rattraper mon retard et essayer d'être à la hauteur lors de notre future rencontre. Je vous embrasse très chère,

Votre agent dévoué.

De : rmaier@gmail.com
À : sebcestbien@gmail.com
Objet : En toute intimité

Très cher 007,

Votre sens de l'abnégation vous honore autant qu'il m'impressionne. Soyez-en assuré : je ne manquerai pas de reprendre contact avec vous dès mon retour. Malgré les apparences, je suis moi aussi impatiente. Je trépigne même à l'idée de sonder la profondeur de vos découvertes culturelles et d'échanger à ce sujet et bien d'autres encore avec vous. Je pars demain à l'aube. Soyez sage.

Votre voyageuse.

Rebecca a besoin d'une pause. Toute cette histoire prend beaucoup trop d'ampleur. Quand elle pense qu'il s'agit de sa première expérience de rencontre virtuelle, elle en a le tournis. Un contact et la voilà accro. Elle se sent prise au piège. Désormais, pas une journée ne s'écoule sans échange avec son correspondant. Lors des soirées passées dehors avec ses amis, elle garde en permanence un œil rivé sur son téléphone, surveillant l'apparition d'un nouveau message. Et lorsqu'elle en reçoit un, elle se jette dessus comme une gamine de 12 ans en proie à ses premiers émois, sourire aux lèvres et regard espiègle de circonstance. Elle attend cependant toujours d'être dans son intimité pour répondre, se délectant à l'avance de ce moment où elle va choisir ses mots et peser chacune de ses phrases.

Alors, effarée de cette addiction, à l'approche de cette nouvelle cure de chimio, elle pense qu'il est temps de prendre un peu de recul.

Cette période est décidément riche en nouveautés. Entre les sorties avec ses amis et ce Seb007 qui prend de plus en plus de place, elle ne sait plus trop où elle en est. Quelque part au fond d'elle-même, elle espère presque qu'elle ne se souviendra plus de lui au sortir de ces quelques jours.

Elle évoque le sujet avec Colette, ce qui l'oblige à poser des mots sur ce que tout cela représente pour elle. Elle ne peut qu'admettre que ce qui se passe n'est pas tout à fait anodin. Doit faire le tri dans ses sentiments. S'avoue – en même temps qu'elle l'exprime – qu'il y a là quelque chose de l'ordre du sentiment amoureux. Virtuel, s'empresse-t-elle d'ajouter, histoire de minimiser cette aventure à ses propres yeux. Elle réalise l'ampleur de sa déclaration en observant la réaction de son amie. Colette écarquille de grands yeux ébahis. Ne dit rien pendant un temps qui parait infiniment long, surtout lorsqu'on la connaît, puis la félicite pour sa toute nouvelle audace et sa capacité à garder cela pour elle tout ce temps. Confortant alors Rebecca dans sa décision de laisser passer un peu de temps pour faire baisser la température. Elle voit là une chance de repousser cette rencontre qui l'effraie un peu. Elle va donc mettre tout cela sur pause et se concentrer sur sa santé pendant ce nouveau cycle de chimio qui démarre le lendemain.

Comme la première fois, Anna et Solal viennent passer cette soirée de veille de chimio à côté d'elle. Et ils apportent des sushis achetés sur la route. Rebecca doit manger léger, le repas japonais est donc parfait pour l'occasion.

Les enfants sont anxieux et la questionnent sur les effets attendus à ce stade. Rebecca tente de les apaiser. Elle leur explique qu'elle a entendu dire qu'il y a des risques pour que ses cheveux commencent à tomber et que les effets indésirables se manifestent plus fortement. Elle ne leur cache pas qu'elle est un peu tendue. Mais qu'elle se sent en forme et prête pour ce second tour. De toute façon, rien n'est sûr, car, comme le lui a dit son oncologue, les effets ne sont jamais les mêmes d'une personne à l'autre. Il est donc possible que ce ne soit pas pire que lors de la précédente cure. L'angoisse est maintenant palpable, alors Rebecca décide de changer de sujet et de but en blanc elle se met à leur parler de Seb007. Les enfants en restent bouche bée. Puis, remis de leurs émotions, se félicitent de l'avoir inscrite et se réjouissent avec elle, ravis de découvrir leur mère en « aventurière du web ». D'abord contente d'avoir réussi à changer le cours de la conversation, Rebecca se sent rapidement gênée. Partagée entre l'envie de parler de son séduisant complice virtuel et le désir de préserver l'intimité de cette aventure. Trop tard, ses enfants posent question sur question. Remettent en cause la décision de leur mère de faire une pause. La poussant à rencontrer son interlocuteur, pour vérifier son attraction. Elle devrait leur faire confiance, ils savent de quoi ils parlent : tout peut basculer lors du premier face à face. « Merci, mais là, je préfère suivre mon intuition que votre expérience. C'est vraiment le monde à l'envers, là... ». Elle les dissuade ainsi de s'aventurer plus loin sur ce terrain. Elle fera ce qu'elle avait décidé. Maintenant, elle doit se concentrer sur sa santé, être pleinement disponible pour son traitement. « D'ailleurs, je ferais mieux d'aller me coucher. Allez, allez, dehors vous deux ». Anna et Solal se mettent à rire. Contents de voir qu'elle est capable de les mettre dehors, c'est bien de leur mère qu'il s'agit. Ils ont cru un instant avoir affaire à une remplaçante. C'est donc rassurés qu'ils repartent. Solal passera le lendemain. Anna peut-être aussi. Ou le jour d'après. Rebecca ne sera de toute façon pas seule, puisque Colette est censée la retrouver chez elle, et elle restera si cela s'avérait nécessaire. Elles ont maintenant leur routine et tout se passe pour le mieux lorsqu'elle est là. Une fois seule, Rebecca prépare ses affaires pour le lendemain : son gilet préféré, un teeshirt, son jean, et un petit sac avec un plaid. Demain matin, elle glissera dedans un Thermos de thé et son livre. En se couchant, elle prépare les podcasts qu'elle écoutera pendant le traitement. Cette fois, elle est prête.

La déflagration poursuit son inexorable propagation.

De : rmaier@gmail.com
À : sebcestbien@gmail.com
Objet : En toute intimité, saison 2

Mon très cher agent,

Me voici de retour dans le monde réel. Amusant de vous dire cela alors que notre mode de communication n'est que virtuel...
Que vous dire à propos de mon séjour « au siècle dernier » ?
Il ne m'a pas été si aisé de rompre avec toute ce monde virtuel qui fait désormais partie de mon quotidien. J'ose à peine imaginer comment réagiraient nos enfants face à une telle coupure, eux qui sont nés connectés. Eux qui n'ont pas connu le monde sans téléphone portable, ni internet (enfin presque)...

Et nous, que faisions-nous de tout ce temps sans connexion ?
Durant ces quelques jours, j'ai lu. Écouté encore plus d'émissions à la radio (car heureusement, j'avais la radio). Avons-nous déjà parlé de nos émissions de radio préférées ?...
Mais j'ai surtout beaucoup réfléchi à la vie d'une façon générale. Et à la mienne en particulier...
Vous arrive-t-il de vous demander si vous pourriez vous passer de tout cela ? Les courses en ligne, les « like » de Facebook, les « cœurs » d'Instagram ou encore les petits messages de ces amis partis vivre loin, mais qui restent ainsi présents dans nos vies. Presque dans notre quotidien. Vous allez me répondre qu'ils ne connaissent pas vraiment notre vie et vous aurez raison. Mais qu'importe, le lien n'est pas totalement brisé et si une possibilité de les croiser se présentait, il serait d'autant plus simple de reprendre contact.
Et nous ? De quoi s'agit-il entre nous ? Je n'ai pas trouvé de réponse lors de mon séjour, mais j'avais très envie de reprendre là où nous nous étions arrêtés. Alors, me voilà ! Je refais un pas vers vous... Et j'attends avec impatience de vous lire,
Affectueusement vôtre.

R.

La fin du monde n'est pas encore pour aujourd'hui. Rebecca émerge petit à petit de ces soixante douze heures de passage à vide qui suivent les traitements. Elle ne s'en sort pas trop mal. Ses cheveux sont toujours sur sa tête et, pour l'instant, elle n'a pas vomi. Elle se sent chanceuse par rapport à d'autres. Son médecin avait raison, chacun réagit à sa façon. Évidemment, elle a du mal à manger et son niveau d'énergie est proche de zéro, mais elle est en vie et ça, c'est tout de même une très bonne nouvelle. Comme la fois précédente, Colette a dormi chez elle les deux premières nuits, au cas où elle ferait un malaise. Anna et Solal étaient passés, à un moment ou à un autre. Ils l'avaient vue éveillée le temps de boire un thé et étaient repartis.

Elle a su se laisser aller. Avec beaucoup de souplesse pour ses 57 ans. Elle en tire une certaine fierté. Entre deux sommes, son esprit vagabonde. Elle pense à son mode de vie casanier, qui lui vaut les sarcasmes de Colette. À sa solitude, que ses enfants considèrent presque comme une maladie. À ces longs moments de calme dans lesquels elle se sent si bien. À cette vie si paisible qui se trouve totalement bouleversée depuis l'annonce de sa maladie. À cause de son état, mais peut-être aussi pour voir autre chose. Car si elle restait seule, dans ces temps de traitement, elle n'aurait plus que son cancer sous les yeux. Elle en arrive donc à penser que c'est probablement son instinct de survie qui la pousse à accepter les sorties que Colette lui propose.

Est-ce ce même instinct qui est à l'origine de son aventure épistolaire avec le fameux Sebastien ? À moins que ce ne soit un besoin imminent de tester sa féminité, cette part d'elle qui est directement touchée par la maladie ? Peut-être même parce qu'elle avait oublié d'être une femme pendant toutes ces années. Elle ne sait pas trop, à vrai dire. Mais ce qu'elle constate, c'est que malgré la pause, sa curiosité est toujours aussi vive. Tant au sujet de son correspondant qu'à ses propres faits et gestes. Quel type de relation sera-t-elle capable de créer ? Quelle place peut-elle faire à cet homme dans sa vie ? Elle n'en a aucune idée et elle trouve cela très stimulant. Il est bien entendu inimaginable d'organiser une entrevue avec lui pour le moment. Alors que son corps est en chantier. Et que des coups de barre lui tombent dessus sans prévenir, que ce soit devant un film, un livre ouvert sur ses genoux ou même en plein repas. Si elle le rencontre, elle sera obligée de lui parler de son cancer pour lui expliquer son état de fatigue et ça... Elle n'a vraiment aucune envie de le partager avec lui. Au fait, je ne t'ai pas dit, mais je n'ai plus de sein gauche, j'ai eu un cancer. Là, je suis en pleine chimio, après j'enchaîne sur de la radiothérapie, je vais probablement perdre mes cheveux, mes sourcils, mes cils, mes poils pubiens et ma libido... Non, elle ne peut vraiment pas imaginer d'aborder le sujet pour l'instant ! Sauf que « l'instant » va durer presque neuf mois, entre les traitements et la récupération. Encore une similitude avec la grossesse, note Rebecca. Et cela, si tout se passe bien. Elle va le perdre en route. À coup sûr. À moins de préserver le suspense. D'inventer... Une amie désespérée à aller voir, un voyage organisé au débotté par ses enfants, une retraite en Inde... Voilà ! Inventer au fur et à mesure... Ou peut-être en parler en choisissant les mots soigneusement ?

Bon. Puisqu'elle est incapable de se projeter, elle va vivre cela au jour le jour. Et s'il devait disparaître en cours de route, ainsi soit-il !

Elle se rend bien compte que son agent spécial occupe déjà une grande place dans son espace mental à défaut d'une plage horaire dans son agenda. Et si cela ne répond pas à ses questions sur les raisons de ce changement qu'elle ressent en elle, elle est bien décidée, tant que cela lui fait du bien, à poursuivre ainsi.

À sa manière.

Aux antipodes par rapport à la façon dont sa mère avait traversé cette épreuve. Elle en a encore les larmes aux yeux en pensant à l'armure que cette dernière avait construite durant sa maladie. Armure qu'elle ne retirait même pas devant sa propre fille. Rebecca a mis en place un autre type de protection. En suivant son propre instinct. Là, elle a besoin des autres pour se sentir en vie. Pour que son espace soit rempli d'autre chose que de sa maladie. Ce n'est pas une stratégie qu'elle déploie, mais un besoin qu'elle assouvit. Un instinct de survie qui guide ses actes.

Colette comprend son amie. Mais elle n'en est pas moins stupéfaite. Depuis tout ce temps, elle n'avait pas vu venir ce changement. Ne l'avait pas imaginé une seconde. Elle s'attendait plutôt à lutter pour se faire une petite place auprès d'elle. Elle pensait que cette dernière agirait comme sa mère l'avait fait avant elle : seule. Envers et contre tout. Cette débauche de sorties, dès que Rebecca retrouvait un tant soit peu d'énergie, l'impressionnait. Et la rassurait. Elle aurait été malheureuse si son amie l'avait mise à l'écart à ce moment difficile de sa vie. Car elle, sa nature lui dicte d'être avec les autres, quels que soient ses états d'âme ou son état tout court. Elle passe son temps ainsi, au téléphone, par messages interposés, autour d'un verre, d'un bon repas ou d'une sortie. Et cela, depuis toujours. Mais si, en temps normal, elle respectait le désir de solitude de son amie, elle est particulièrement heureuse d'être présente à ses côtés en ces temps si particuliers. Il est si simple de communiquer avec elle lorsqu'elle y est disposée. Elle retrouve la complicité qu'elles avaient dans leur jeunesse. Elle en parle avec Anna ces derniers temps. Cette dernière est elle aussi réellement soulagée de ce déroulement. Surprise de découvrir sa mère si aventurière. Leur surprise est d'autant plus grande que Rebecca avait annoncé la nouvelle une fois l'intervention passée. Le revirement était totalement inattendu, et brouillait les pistes sur ce que l'on pouvait attendre d'elle par la suite. Tout semblait désormais possible. Et cette ébauche de relation amoureuse en est une preuve irréfutable.

De : SEBCESTBIEN@GMAIL.COM
À : rmaier@gmail.com
Objet : En toute intimité, saison 2

Ma très chère Rebecca,

Vous voilà enfin de retour ! Heureux que vous ayez retrouvé le chemin de ma boîte mail ! Apparemment, votre séjour au siècle dernier a déclenché une avalanche de questions...
Bien entendu, je suis aussi accro à toutes ces innovations qui sont entrées dans nos vies sans que nous ayons la moindre idée de ce que cela allait changer. La preuve avec nos échanges ! Et je ne vous parle pas de tout ce que je peux acheter ou consulter en ligne, des films aux courses en passant par la musique ou les voyages. Je ne sais pas

comment je réagirais si je devais, comme vous l'avez fait, effectuer une retraite au siècle dernier. Quant à mon fils, je n'imagine pas qu'il puisse se passer un seul instant de tout cet attirail. Cela semble vital pour lui, bien plus encore que pour nous.

Quant à votre dernière question : « Et nous ? De quoi s'agit-il entre nous ? ». Vous jetez cela ainsi, juste avant de cliquer sur « envoi ». Serait-ce une revanche sur ma précédente invitation prématurée ?...
Vous vous en doutez, à mon âge, je ne parle pas de coup de foudre ni même d'amour. Attirance ou attachement me semblent plus juste et nos premiers échanges semblent nous mener sur cette route. Enfin, je dois dire que ce sujet rejoint le précédent et que mon amour pour la technologie s'arrête là : je préférerais poursuivre sur cette dernière question en face à face dès que vous en aurez envie.

Votre agent dévoué.

PS : Non, nous n'avons pas parlé de vos émissions de radio préférées, ni des podcasts que j'écoute lors de mes sorties en course à pied, dites-moi tout dans votre prochaine missive.

De : rmaier@gmail.com
À : sebcestbien@gmail.com
Objet : En toute intimité, saison 2

Mon cher 007,

Vous parlez de revanche et j'avoue que l'idée me fait rire, tant elle est loin de mon état d'esprit. Mais si vous le prenez ainsi, je me plie à vos règles et ne manquerai pas de vous faire signe lorsque le moment me semblera opportun pour une rencontre dans le monde réel. Enfin, je ne voudrais pas vous brimer, si cela est réellement impérieux pour vous, exprimez-vous mon cher ami. Je pourrais toujours refuser si cela ne me convient pas. J'ai pour habitude d'être franche et directe, et surtout d'être libre. Ma réputation est faite à ce sujet : si vous posez la question à ceux qui m'entourent, ils vous diront que rien ni personne ne viendra entraver ma liberté. Et ils auront raison : je ne suis plus en âge de m'embarrasser de contraintes. Je me suis mariée parce que telle était la norme (même si je me suis longtemps persuadée que j'aimais mon époux). Ensuite, j'ai eu des enfants, parce que j'étais en âge d'en avoir (même si j'aime mes enfants par-dessus tout). J'ai travaillé, parce qu'il fallait payer nos factures et mettre un toit au-dessus de ma tête (même si j'ai exercé un métier que j'aimais)... Alors pour ce qui est des relations amicales, je ne peux envisager de les soumettre à une quelconque pression. Elles sont là uniquement pour faire du bien à ceux qui y sont engagés. Même s'il faut toujours composer avec les autres et ne pas blesser : je suis tout de même civilisée ! Et pour ce qui est des relations amoureuses, bien que j'en aie oublié le mode d'emploi depuis un certain temps, je n'attends plus le prince charmant, et ne crois peut-être même plus à l'amour, alors je dois dire que votre terme « d'attachement » me convient parfaitement.

Et voilà encore un pan de ma personnalité ainsi dévoilé, et probablement pas le plus flatteur. Dites-moi si vous êtes lassé de mes

élucubrations sur la vie. Il semblerait que je sois dans une phase philosophique. À moins que ce ne soit l'écrit qui me libère ainsi de toutes ces réflexions. Peut-être allez-vous me conseiller de consigner ces pensées dans un journal intime plutôt que de vous les asséner par boîte mail interposée ? Quoiqu'il en soit, j'arrête là pour aujourd'hui et vous laisse reprendre le flambeau, en espérant que vous nous entraînerez sur des rives plus réjouissantes.
À très bientôt mon cher agent.

Votre moulin à paroles

De : sebcestbien@gmail.com
À : rmaier@gmail.com
Objet : En toute intimité, saison 2

Ma chère Rebecca,

Laissez-moi donc être votre journal intime ! Je trouve cette idée délicieuse ! J'apprécie énormément nos échanges et votre franchise, même si ce mode de fonctionnement ne plaît pas à tout le monde. Je suis parfaitement d'accord avec vous : nous avons largement passé cette phase de notre vie où chacun se cherche et fait des efforts pour plaire à untel ou une-telle. Si le jeu de la séduction peut nous conduire parfois encore à porter un masque, je crois qu'il est bon de le laisser tomber sans trop attendre.

Je vais poursuivre sur ce ton, au risque de vous déplaire. Vous prétendez que vous ne souhaitez pas me rencontrer trop vite pour ne pas être déçue. Vous voudriez être sûre que nous avons des atomes crochus... Je suis désolé, mais je crois que vous vous trompez. Je prends mon souffle et je vais tenter de vous expliquer pourquoi...

En effet, je me sens de plus en plus proche de vous à chacun de nos échanges. L'impression de vous connaître grandit, mais je sais que cela n'est qu'une impression. L'intimité créée par les écrits est si différente de celle de la voix, du regard, du toucher... La déception risque d'être plus grande à mesure que le temps passe. Car, sans réellement nous connaître, nous sommes déjà virtuellement attachés l'un à l'autre et si, lors de notre rencontre, nos frôlements ne s'avèrent pas à la hauteur de nos écrits, que nos regards ne se croisent pas avec la même complicité que nos mails, si nos paroles ne se complètent pas avec la même fluidité, nous serons aussi blessés qu'après une rupture. Bref, vous repoussez notre rencontre, et je crains que nous devenions alors d'éternels amants épistolaires.

Pour conclure, je n'ose pas vous inviter à prendre un verre mais j'ai le culot de vous inviter à dîner chez moi. Je vous donne rendez-vous jeudi prochain.

Dites-moi oui.

Votre dévoué mais gonflé 007

De : rmaier@gmail.com
À : sebcestbien@gmail.com

Objet : En toute intimité, saison 2

Mon cher importun,

Je lis votre impatience... J'entends vos arguments... Je ne peux prendre le risque de ne plus vous lire. Vous avez raison, je vous suis attachée. Je m'avoue vaincue et j'accepte votre invitation... À nos risques et périls. J'espère de tout cœur que la déception ne sera pas au rendez-vous et j'attends vos instructions,

Votre victime

POURQUOI ? Pourquoi a-t-elle accepté cette invitation ? Elle écrit plus vite qu'elle ne pense apparemment. Une fois encore, elle se souvient de ses grossesses, de cette sensation d'être une autre, d'accomplir des actions qui ne lui ressemblent pas ou qu'elle n'a pas vraiment décidées. Comme si elle était manipulée de l'intérieur. Résultat : elle est sur le point de rencontrer son intrigant alors qu'elle avait décidé de le tenir à distance, et pour des raisons totalement justes, qui plus est. Elle est soudain tétanisée. Comment appréhender ce rendez-vous ? Que faire ? Que dire ? que taire ? Elle se sent prise au piège et décide d'en parler avec Colette. Exprimer ses angoisses à voix haute l'aidera certainement à se préparer à ce rendez-vous. Puis, elle se ravise : si le rendez-vous tourne mal, elle veut pouvoir faire son deuil de cette relation à sa manière. Puis, elle change de nouveau d'avis, pourquoi cela tournerait-il mal, après tout ? Apparemment, Sebastien semble pourvu de la panoplie complète du parfait gentleman, il n'y a aucune raison de s'inquiéter.

Elle prend une longue douche. S'enveloppe dans son drap de bain. Le pose sur son lit. Nue, elle se regarde dans le miroir. Cette cicatrice qui lui barre le torse, encore boursouflée et colorée. Son autre sein qui semble être tombé d'un cran, le poids des émotions s'ajoutant probablement à celui des années. Sa silhouette amincie des quelques kilos perdus depuis le début de sa maladie. Sa peau, qui a perdu sa lumière et sa tension. Ensuite, vient le tour de son visage. Elle le scrute, jusqu'au plus infime détail. Ses cils et sourcils parsemés depuis peu qui modifient son regard. Ses cheveux très courts. Ses traits tirés. Qui sera-t-elle au bout de cette route ? Que va-t-il rester de celle qu'elle était avant ?... Elle ne cherche pas forcément de réponses à ces interrogations, mais ne peut les contenir. Elle commence à sentir, au plus profond d'elle-même, qu'il y aura un avant et un après.

Malgré tout, elle se dit qu'elle reste « tout à fait présentable ». Ses pensées se dirigent vers Sonia et elle sourit... Elle se maquille, fait des essayages, allant et venant devant le miroir, s'observant sous toutes ses coutures... Afin de décider de ce qu'elle va porter pour ressembler à celle qu'elle a laissé transparaître dans ses écrits. Elle n'a aucune envie de décevoir Sébastien lorsqu'il sera face à elle. Ne veut pas non plus qu'il la voie comme une malade...

Sébastien habite dans le 18è arrondissement, non loin du Sacré Cœur. Elle aime ce coin de Paris et ces ambiances, entre village et attraction touristique. S'amuse à l'idée d'avoir un rendez-vous galant dans cet environnement. D'ailleurs elle s'amuse. Point. Il faut avouer que la situation est tout de même ironique : rencontrer un homme à ce moment précis de sa vie où sa féminité est amputée d'un sein... Elle, qui n'a rencontré personne depuis qu'elle est séparée de son ex-mari. Elle se met à rire. Toute seule. Finalement, elle n'a pas besoin d'en parler à qui que ce soit. L'ironie de la situation la stimule. La rencontre doit se dérouler d'ici deux jours. Il lui reste encore un peu de temps.

Elle va se faire belle.

Se caler sur le rythme de la soirée.

Discuter et rire.

Se faire confiance : elle saura très certainement improviser en fonction de l'ambiance.

Elle n'a rien à prouver à personne. Il est temps de superposer la réalité et l'image qu'elle s'est faite de son correspondant. De savoir si, oui ou non, la relation peut évoluer vers autre chose qu'une relation épistolaire. Elle est décidée et parfaitement à l'aise avec ce que son intuition lui dicte.

Elle va rencontrer Seb007, son agent dévoué.

Pour le moment, tout va bien.

Voilà ce que Colette se dit juste avant de retrouver son partenaire, pour dîner. Et voilà qu'à peine attablés, elle s'entend dire à Bruno qu'elle aimerait qu'ils vivent ensemble. Comme ça. Sans aucune préméditation. Au bout de dix ans d'une relation au sein de laquelle chacun vivait en harmonie avec ses désirs.

« Tu as bu avant de venir ? Tu t'es cogné la tête ? ». Colette avoue ne pas savoir comment cette idée est arrivée à son cerveau et encore moins comment elle a pu l'énoncer à voix haute. Aussi surpris l'un que l'autre, ils décident de laisser passer un peu de temps avant d'en reparler.

Une fois seule, elle réalise. Son quotidien sens dessus dessous depuis l'annonce de la maladie de Rebecca. Ses séjours répétés auprès de son amie qu'elle voit désormais sous un nouvel angle. Même si cette dernière semble traverser les épreuves sans trop tanguer, Colette n'est pas aveugle, elle voit bien que la maladie a modifié ses comportements : Rebecca semble bien plus tournée vers les autres qu'à son habitude. Non seulement accepte-t-elle de se laisser accompagner par les autres, mais elle va jusqu'à rechercher leur compagnie. Elle semble même sur le point de « prendre un amant » ? Ce qui semblait totalement hors de propos il y a peu. Colette, quant à elle, se surprend à aimer cette période malgré le contexte qui l'a créé. Elle aime les petits déjeuners avec son amie, apprécie les conversations qui suivent leurs retours de soirées. Tous ces petits rituels qui se sont installés sans qu'aucune d'elles n'y ait porté une attention particulière. Cette vie à deux qui s'est imposée à elles avec tant de naturel et de spontanéité.

Au point de se sentir déstabilisée lorsqu'elle rentre chez elle. Retrouvant alors ses habitudes de célibataire et son chat. Contrairement à Rebecca qui est heureuse à chacune de leur séparation de retrouver autonomie et solitude, Colette est un peu tourneboulée. Cette histoire l'a apparemment touchée au-delà de ce qu'elle ose s'avouer. Si même la solide et solitaire Rebecca a fait appel à ses proches dans ce genre de contexte, qu'adviendrait-t-il d'elle s'il lui arrivait la même chose...

Pour la première fois de sa vie, Colette se pose cette question. Son optimisme naturel l'en avait empêchée jusque là. Et la réalité lui apparait alors : elle est intimement persuadée que son partenaire prendrait ses jambes à son cou. Car, même s'ils « sont ensemble » depuis plus de dix ans, ils ne partagent leur intimité qu'en période de vacances. Il est suffisamment éloigné de son quotidien pour se sentir autorisé à la quitter si elle lui en demande trop. Comme l'avait fait le père de Rebecca dans cette même situation. La grande évasion. Sans explication ni justification. Et qui serait alors à ses côtés ?

Elle comprend soudain ce qui l'a poussée à prononcer ces mots lorsqu'elle était face à son partenaire.

La peur.

Colette a peur pour la première fois de sa vie.

Peur de ne pas être épargnée un jour.

Peur de se retrouver seule.

Son inconscient lui avait dicté d'en attendre plus de son partenaire. D'exiger de ce dernier qu'il soit là. Sans qu'elle ait à le demander. Par défaut. Et pas seulement pour les bons moments. Qu'ils soient en forme ou pas. De bonne humeur ou pas. Oui, elle en est sûre à présent, ses mots lors de leur précédent dîner avaient un sens. Ils devaient s'être échappés de son inconscient avant que son cerveau n'ait eu le temps de les formuler de manière claire et distincte. Elle a donc un plan pour les prochaines années : elle veut se réveiller chaque jour auprès de Bruno, s'endormir chaque soir dans ses bras, passer du temps « de rien » avec cet homme qui ne partage qu'une partie de son intimité depuis plus de dix ans. Comme l'infime partie visible d'un iceberg.

Elle se souvient de cette première fois, lorsqu'il avait évoqué l'idée d'emménager ensemble. Ils se fréquentaient depuis quelques mois et il était sur le point de quitter la mère de ses enfants. Colette avait alors refusé : elle ne voulait pas être celle qui prend la place de l'épouse, ni auprès de ses amis, ni auprès des enfants de Bruno. Elle lui avait alors exposé son point de vue : elle pensait qu'il serait bon pour chacun d'eux, pour ses enfants et pour leur couple qu'il prenne le temps de se retrouver et qu'il cherche un appartement. Qu'il réapprenne à vivre seul, le temps que la rupture soit réellement consommée pour tous ses protagonistes. Quelques temps plus tard, il emménageait dans un petit deux pièces non loin de chez elle. Un an plus tard, leur couple semblait stable et Bruno avait de nouveau évoqué l'idée d'une vie en commun. Ils s'étaient alors laissés aller à caresser l'idée d'un appartement commun, plus spacieux et certainement moins coûteux que leurs deux loyers cumulés. Ils en avaient même visité plusieurs. Dont un qui les avait séduits. Mais au moment de préparer le dossier commun à déposer auprès de l'agent immobilier, Colette avait pris peur. Elle craignait que le quotidien et l'intimité partagée ne vienne rompre le bel équilibre qu'ils avaient trouvé dans cette gymnastique qui consistait à choisir les moments et les lieux passés ensemble. Bruno avait cédé. S'était alors installée une routine entre eux. Ils voyageaient beaucoup et leurs séjours à l'étranger étaient les seuls moments où ils partageaient tout. Elle aimait ces voyages, du choix de la destination à la place laissée aux décisions de dernière minute, en passant par cette aptitude qu'avait Bruno de s'émerveiller de tout. Et depuis ce moment, ils n'avaient plus remis ce fonctionnement en question.

Jusqu'à maintenant.

Aujourd'hui, Colette est aussi sûre de leurs sentiments réciproques que du bien-fondé de sa décision de bousculer l'ordre établi. Mais, alors qu'elle était persuadée de bien le connaître, elle est incapable d'anticiper avec certitude la décision de son compagnon. Bruno va-t-il sauter sur l'occasion ou prendra-t-il peur à son tour ? Sa réaction au restaurant laisse plutôt penser qu'il va choisir la seconde option. Colette s'interroge sur la manière de lui présenter les choses. Doit-elle s'ouvrir à lui et lui parler de sa peur ? Aborder ces moments de vie commune avec Rebecca qui l'ont inspirée ? Ajouter quelques paillettes à la réalité et lui dire qu'elle voulait de la nouveauté dans sa vie et, par la même occasion, du piment dans leur quotidien ?... Elle imagine tous ces scénarios, puis, n'arrivant pas à trancher, se dit qu'elle va appeler Rebecca pour en discuter avec elle avant de revoir son compagnon. Se ravise. Excitée à l'idée d'annoncer les événements a posteriori à son amie, dans le pur style de cette dernière. Enthousiaste à l'idée de confronter son propre désir à celui de son partenaire. Et de réinventer sa vie.

Pour le moment tout va bien. Pense Anna.

La jeune femme est positivement surprise par l'attitude de sa mère face à la maladie. Rassurée par ce qu'elle a remis en question dans son mode de vie.

Enfin, Rebecca a compris que son isolement ne pouvait durer.

Enfin, tous les efforts que le frère et la sœur avaient déployés pour la sortir de sa tour d'ivoire avaient porté leurs fruits.

Enfin, elle voit du monde.

Enfin, elle est dans le monde.

Peut-être même sur le point de prendre du bon temps avec un homme !

Soulagement.

Anna se souvient encore avec angoisse de cette période précédant son installation avec Léonard, son compagnon. Les deux jeunes gens se fréquentaient depuis trois an. Il habitait seul dans un studio au Nord de la capitale, elle vivait toujours avec sa mère et son frère dans l'appartement familial près de la place de la Nation. Sans rien dire à Rebecca, le jeune couple avait cherché un deux pièces dans le même quartier et signé un bail. Il leur restait un mois pour préparer leur entrée dans les lieux. Léonard avait fait le nécessaire pour quitter son logement. De son côté, Anna laissait les jours passer. Elle n'arrivait pas à aborder le sujet avec Rebecca. Ne pouvait se résoudre à lui annoncer la nouvelle. Elle ne se faisait pas à l'idée qu'elle allait partir vivre sa vie et la laisser dans cet appartement où ils avaient passé tant d'heures à parler de tout et de rien. De leur vie surtout. Sa mère ne parlait jamais d'elle, d'ailleurs. Elle s'était repliée sur son foyer au moment de son divorce. Comme sa propre mère avant elle. Un repli comme une hérédité de mère en fille dont Rebecca lui rebattait les oreilles, allant jusqu'à la pousser dehors, en lui expliquant que les amis étaient ce qu'il y avait de plus important dans leur vie. Alors Anna était inquiète. Elle était persuadée que sa mère ne pouvait être heureuse ainsi, à lire toute la journée. De plus, elle savait très bien qu'au moment où elle allait quitter le foyer familial, Solal la suivrait de très près. Effectuant à son tour un pas vers sa vie d'adulte. Un double abandon qui mènerait probablement Rebecca vers un isolement encore plus grand. Alors, chaque matin, en se rendant à son travail, Anna se disait qu'elle allait faire son annonce en rentrant le soir-même. Et chaque soir, elle reportait sa décision au lendemain. Jusqu'au jour où Léonard lui avait posé un ultimatum : il lui laissait quarante huit heures pour annoncer leur déménagement, sinon il la quittait. Ce fut le détonateur dont elle avait besoin. Le soir même, partagée entre la joie d'emménager avec son compagnon et la culpabilité de laisser sa mère, Anna annonça la nouvelle comme s'il s'agissait d'une catastrophe. Rebecca se moqua d'elle et de sa « tête d'enterrement ». Cette dernière était très heureuse de ce tournant dans la vie de sa fille. Elle appréciait Léonard et était tout à fait consciente qu'il était temps pour sa fille de donner un nouveau tour à sa relation amoureuse. Elle n'attendait même que cela...

Comme prévu, un mois plus tard, Solal partait à son tour. Il avait trouvé un studio non loin de l'appartement familial. À partir de là, les enfants avaient instauré leur rendez-vous mensuel. Et ils profitaient de chacune de leurs visites pour tenter de faire sortir leur mère de son isolement. Sans succès.

Oui, Anna était incroyablement soulagée de voir que la malédiction prenait fin avec cette maladie. Et cela lui donnait des ailes. Pour le moment tout se passait bien. Sa mère se laissait entourer et aider. Elle supportait plutôt bien les traitements. Compte tenu du contexte, cela pouvait difficilement être mieux. Peut-être pouvait-elle reprendre le cours de sa vie et penser à elle ? À sa vie sociale ? À son avenir... Que voulait-elle dans sa vie maintenant ?

Anna en est là de ses réflexions lorsqu'elle retrouve Léonard ce soir-là. Lui aussi est de bonne humeur : il vient de signer un gros contrat pour son cabinet d'architecte. Mais ce n'est pas cela dont il veut lui parler. En fait, il a quelque chose à lui demander. Elle ne sait à quoi s'attendre. Elle aussi veut lui demander quelque chose, mais lui d'abord. Elle est suspendue à ses lèvres. « ... un enfant de toi... qui te ressemble… la femme que j'aime ». Anna est émue aux larmes. « Et toi, que voulais-tu me dire ? ». « Rien. Rien. »

Pour le moment tout va bien. Pense Solal.

Lui qui a toujours été très proche de sa mère a pris de plein fouet l'annonce de sa maladie. Il tremblait encore à l'idée de ce que Rebecca avait traversé avant de dire ce qu'il en était à ses enfants. Il la revoit ce jour-là, assise dans son fauteuil. Immense. Si digne. Ne laissant aucune prise à ses douleurs, ses émotions ou ses peurs. Le regard, toujours protecteur, posé sur ses enfants. Le seul signe qui montrait que quelque chose n'allait pas était ce geste de la main sur sa lèvre. Et dès que les mots étaient sortis, sa sœur, comme à son habitude, avait empli tout l'espace. Claquant talons et portes. Gesticulant, pleurant et criant. Contre sa mère qui ne parlait pas, contre sa grand-mère qui avait transmis son silence en héritage, contre l'univers qui touchait toutes les femmes de cette famille... Et lui, seul homme parmi ces femmes blessées et pourtant si fortes. Ces femmes qu'il aimait. Il ne voulait plus rien entendre. Ne savait pas quoi penser. Ne réalisait même pas que ses joues étaient baignées de larmes.

Oui, aujourd'hui, il est soulagé de voir comment Rebecca passe les étapes. De constater que, une fois n'est pas coutume, elle se laisse accompagner. Il la voit. Forte face à cette épreuve. Et il pense alors qu'il peut reprendre le cours de sa vie tranquillement. Sortir de nouveau. Voir ses amis. Rencontrer des filles.

Cette fille en particulier. La dernière en date. Qui ne lui sort pas de la tête. Pour une fois, la nuit passée ne lui suffit pas. Il faut qu'il la revoie. Et cela est aussi nouveau qu'effrayant.

Lui, taillé pour la vie de couple ? Et pourquoi pas la vie de famille, tant qu'on y est ? Non, tout cela n'est pas pour lui. Depuis qu'il a commencé ses études pour devenir avocat et s'est installé dans son studio, il passe d'une fille à l'autre sans jamais s'attacher à aucune d'elles. Sans chercher à établir de relation. Ce qu'il aime, c'est le frisson de la rencontre, l'alchimie des premières heures, le jeu de la séduction qui mène à l'abandon des corps et de la première nuit. Il n'a jamais ressenti aucune envie de connaître la vie de celles qui sont passées entre ses draps. N'a jamais éprouvé aucun besoin de parler de lui non plus. Il établit très vite les règles du jeu. Ne laisse planer aucune ambiguïté sur cette question. Il est là pour passer un bon moment. Point. Alors, il a fait la fête, beaucoup. Il a travaillé, beaucoup. Il a rencontré des femmes, beaucoup. Aujourd'hui, il n'a pas vraiment envie de changer quoique ce soit à son mode de vie. Il est libre et sa carrière d'avocat est lancée. Il a la reconnaissance de sa famille. De ses pairs aussi. Il séduit. Professionnellement comme dans la vie privée. Il a des amis. Des amies aussi.

Pourtant...

Pourtant sa dernière rencontre a ce petit goût de « pas assez » qu'il peine à définir.

Barbara. Bar-ba-ra. Barrrrbarrrra.

Déjà, ce prénom... Et ce désir qui se manifeste au souvenir de son regard posé sur lui, de la douceur de sa peau, de la chaleur de son souffle... Il la cherche sur Facebook. S'attarde sur ses photos de profil, ses immenses yeux bleus, ses cheveux si noirs qu'ils en sont presque bleu et soyeux, son grand et lumineux sourire. Il hésite à la demander en nouveau contact. Frôle la touche « appel » sur son téléphone. Cherche les mots pour envoyer un message. Se sent comme un gamin.

Sauvé par le gong, son téléphone sonne. Urgence professionnelle. Il répond. Passant à autre chose. Se remettant en marche dans sa journée de travail.

Puis, le soir, après être passé voir Rebecca, il rentre chez lui avant de rejoindre des amis pour dîner. Se douche et prend une décision : il va sortir de sa zone de confort. Il déteste cette expression utilisée à tout bout de champ par ses collègues de travail, mais elle correspond parfaitement à la situation. Il va prendre exemple sur sa mère : comme elle, il va bouger les lignes de sa vie. Se lancer. Sans perdre plus de temps. Il va céder à ses désirs et affronter ses peurs.

Il va appeler Barbara.

Robe noire, salomés.

Jean, pull col V noir, boots.

Pantalon gris, pull noir, derbies noires.

Jean noir, chemise blanche, petite veste, escarpins.

Elle revient sur le pull noir, le soutien-gorge se voit beaucoup trop sous la chemise blanche. Elle s'arrête alors sur cette dernière version d'elle-même. Simple. Sobre.

Elle fait trois pas et retire ses escarpins : ses jambes ont tendance à être lourdes ces derniers temps, à cause de la chimio sans doute. Elle effectue des massages quotidiens avec cette huile dont elle a entendu parler sur un groupe Facebook dédié au cancer du sein auquel elle s'est inscrite. Les effets ne sont pas spectaculaires, mais cela procure un soulagement passager, ce qui est assez plaisant malgré tout. Malgré le massage, elle craint de sentir ses pieds enfler dans ses escarpins au cours de la soirée et opte pour ses derbies.

Cette fois, elle se sent bien. Enfin presque... Elle est anxieuse comme si elle allait passer un entretien d'embauche.

Elle en rit. Se moque d'elle-même. Toutes ces émotions à son âge... Et la soirée n'a pas encore commencé. Comment va-t-elle la traverser ? Que va-t-elle dire ? Ne pas dire ? S'autoriser ? S'interdire ?

Elle sort du réfrigérateur la bouteille de Sancerre qu'elle a prévu de prendre avec elle. La glisse dans un sac. Peint ses lèvres de rouge. Enfile son manteau. Attrape son sac à mains. Se regarde une dernière fois dans le miroir de l'entrée. Passe la main dans ses cheveux. Ferme la porte derrière elle. Indique l'adresse de son hôte au chauffeur de taxi.

Dans une semaine commence sa troisième cure de chimio, mais ce soir, elle peut s'abandonner à ces sensations inédites. En apprendre plus sur celui qui a semé des paillettes dans son quotidien depuis quelques temps. Elle regarde la ville qui défile à travers la vitre. Se dit que Paris est toujours aussi belle.

Se sent vivante.

Se sent chanceuse.

Ses enfants qui sont en bonne santé, ses amis qui l'aiment pour celle qu'elle est. Et maintenant ce rendez-vous si inattendu...

Pour le moment, tout va bien.

Elle demande au chauffeur de la déposer au début de la rue. Sort du véhicule et marche.

Incertitude.

Que fait-elle ?

Pourquoi ce rendez-vous, alors qu'elle sait pertinemment qu'elle n'est pas elle-même en ce moment ? Pas seulement à cause de ce sein en moins, mais plutôt à cause de tout ce qui l'accompagne. Toutes ces douleurs, tous ces moments de faiblesse, tout ce questionnement autour de sa féminité, de sa vie... Et ses cheveux courts. D'ailleurs, elle réalise que Sébastien n'a vu que des images d'elle avec les cheveux longs. L'angoisse ne fait que s'amplifier...

Elle est devant la porte de l'immeuble. Sort son téléphone pour retrouver le code.

Se ravise, incapable de pousser la porte.

Fait demi-tour.

Parcourt cent mètres. Refait demi-tour.

Se trouve de nouveau devant le portail.

Pense à ceux qui l'aiment...

Compose finalement le code.

Prend l'ascenseur et se trouve face à lui.

C'est drôle, il paraît plus jeune que sur les photos. Il sourit. Joli sourire d'ailleurs. Une fossette creuse son menton. Comme Kirk Douglas. Ou John Travolta. Elle n'avait pas vu cela sur les photos. Certes, la ressemblance s'arrête là... Les cheveux gris, le crâne légèrement dégarni en V. Tout le monde ne peut pas avoir la chevelure dense de son ex-mari.

Plus de retour en arrière possible.

– Je crois que j'avais 15 ans la dernière fois que je me suis retrouvée dans une telle situation...

– Je vous ai vue par la fenêtre faire des allers retours. J'ai bien failli ne pas vous reconnaître avec vos cheveux courts... C'est cela qui vous faisait hésiter ? Ça vous va très bien !

– ...

– Vous rougissez...

– Je devais aussi avoir quinze ans la dernière fois que j'ai rougi.

Il se moque d'elle tout en la conduisant vers le salon. Lui prend son manteau des mains pour le poser sur le dossier d'une chaise.

– Et si je vous tutoie, vous allez continuer de rougir ?

Elle rit, s'excuse. De rougir. De ne pas s'arrêter de parler. De bredouiller comme une gamine.

— Mais tout va bien, Rebecca. Pourquoi es-tu nerveuse, tu as un autre rendez-vous auquel tu dois te rendre ?

Au pire, elle pourra toujours s'enfuir sans se retourner, puisqu'elle n'a pas mis ses chaussures à talons. Tout de même, il est vraiment charmant. Presque sexy.

Ils sont toujours debout. Il lui fait faire le tour de son appartement. Un intérieur sobre, chic, légèrement désordonné. Elle qui est si habituée à ce que rien ne dépasse... Pourtant elle se sent finalement à son aise : le face à face s'avère aussi fluide que les échanges virtuels.

Apéritif.

Dîner.

Et de fil en aiguille...

ELLE L'A FAIT. Elle a passé la soirée avec un homme.

Sebastien n'est plus Seb007, agent caché derrière un écran et de jolis mots. Il fait désormais partie de la réalité de Rebecca.

Elle aime sa voix.

Elle aime son regard.

Elle aime son allure. Contrairement à son ex-mari, Sebastien n'est pas un grand dégingandé. Il est à peine plus grand qu'elle. En plus costaud bien entendu. Il devait être un sacré tombeur dans sa jeunesse. Cela se sent. Un léger ton paternaliste. Une assurance qui n'est pas seulement liée à l'âge. Il a de larges épaules sur lesquelles il est tentant de poser sa tête. Et cette fossette au menton...

Ils ont discuté jusque tard.

Partagé leurs visions de la culture. De l'amour. De la vie.

Il s'est rapproché d'elle.

A posé sa main sur la sienne.

Mais son corps. Sa maladie. Ses cicatrices.

Elle n'a pas pu.

Il était trop tôt pour cette réalité-là.

Elle était trop présente en elle.

Elle avait envie de préserver encore un peu la magie de cette rencontre. La laisser dans cet autre univers. Encore un peu parallèle.

Alors, elle s'est levée, a pris son manteau, son sac, est partie. D'un coup. Presque comme une voleuse.

Il s'est levé à son tour pour la rejoindre sur le pas de la porte. N'a pas insisté pour qu'elle reste.

Un baiser. Un autre. Le contact de ses lèvres sur les siennes.

Frissons.

Elle était dehors.

Elle a sauté dans le premier taxi qui a bien voulu s'arrêter et ce n'est qu'une fois assise sur la banquette arrière qu'elle a réalisé à quel point elle était partie rapidement. Mais aussi à quel point elle était séduite.

SÉBASTIEN

Le carrosse était-il toujours là,
Cendrillon ?

>Je ris. Merci pour cette
>délicieuse soirée. Je tombe de
>sommeil. À très bientôt.

J'ai passé moi aussi une très
bonne soirée. Baisers.

Soudain ses mots sur son téléphone et résonne en elle le son de cette voix découverte il y a peu. Suave et pleine de sensibilité. Le timbre légèrement voilé.

Oui, elle est séduite. À la lecture de ces mots, elle en a la confirmation.

Pourtant, elle ne lui a pas parlé de sa maladie. Encore moins de sa prochaine cure de chimio qui débute dans une petite semaine. Ne lui a pas dit à quel point elle se sentait vulnérable.

Elle n'a pas non plus évoqué l'attirance qui la poussait dans ses bras. Parce qu'elle ne savait pas encore ce qu'elle allait en faire. Parce qu'elle avait peur qu'il ne se montre trop insistant. Peur de ne pas savoir trouver la bonne distance. Peur de se laisser étouffer comme elle l'avait fait avec son ex-mari.

Elle avait maintenant besoin de laisser passer du temps avant de le revoir. Pour se soigner. Pour se retrouver. Pour apprécier ces instants passés avec lui. Aussi. Et peut-être envisager une suite.

Veille de chimio. Rebecca attend ses enfants pour le dîner. Cette fois aussi, ils ont pris les choses en main et apportent des sushis. Elle s'attend évidemment à l'habituelle déferlante de questions sur les effets que peut produire cette troisième cure, mais aussi sur sa situation avec Sebastien.

— Alors, comment s'est déroulée cette rencontre au sommet ?

— Le fameux Seb007 est-il aussi charmant que ses missives ne le laissent espérer ?

— Il est comment ? Grand ? Gros ? Beau ? Sexy ? Drôle ? Gentil ?

Rebecca laisse ses enfants parler, amusée de leur insatiable curiosité.

— Quand le revois-tu ?

— Lui as-tu parlé de nous ?

— Combien de fois l'as-tu vu ?

— Quand le rencontrons-nous ?

Rebecca rit. Ils sont maintenant attablés et elle ne peut s'empêcher de constater à quel point l'ambiance à la veille de cette troisième cure est différente de la toute première fois où elle devait se rendre à l'hôpital. Elle est soulagée de voir qu'elle arrive à passer ces étapes successives comme on franchit des paliers et ne peut s'empêcher d'en faire part à ses enfants, déplaçant par la même occasion la conversation vers un autre sujet.

Cette fois, elle s'attend à perdre encore un peu de cheveux et de poils en tous genres. Elle s'attend aussi à être un peu malade. Oui, Colette sera là demain à son retour. Oui, elle répondra à tous leurs messages. Et oui, Sebastien est vraiment charmant et elle va le revoir. Il est évidemment au courant de leur existence, mais non, elle ne lui a rien dit de sa maladie et de son traitement. Elle tient à garder le silence sur le sujet encore un moment. Elle ne cache pas avoir passé un délicieux moment en sa compagnie et ne regrette pas d'avoir cédé à son impulsion malgré tout. En revanche, cette semaine, elle va limiter ses échanges et se demande comment il va interpréter cela. Enfin, elle avisera en fonction de sa forme. Bien, assez parlé d'elle. Et eux, que se passe-t-il dans leur vie ? Rien ? Et ces regards complices n'existent pas ? Vraiment ? Et le regard fuyant de Solal, c'est à cause d'une poussière dans l'œil ?

Les enfants s'étaient mis d'accord pour ne rien dire à leur mère des tournants qui s'amorçaient dans leurs vies respectives. Anna ne pouvait pas en parler, cela semblait évident. Elle s'était ouverte à son frère, mais le contexte ne lui permettait certainement pas d'annoncer sa future maternité à Rebecca. Leur mère leur avait suffisamment raconté le parallèle entre sa propre grossesse et la maladie de leur grand-mère pour qu'ils aient la présence d'esprit d'éviter le sujet. Quant à Solal, sa pudeur l'empêchait d'aborder le sujet, mais c'était sans compter sur la perspicacité de Rebecca...

— Allez, Solal, dis-moi, comment s'appelle-t-elle ? demande Rebecca, laissant son fils pantois.

— Mais... Qui... Comment..., bredouille Solal dardant sa sœur d'un regard noir.

— Ne me regarde pas comme ça, je ne lui ai rien dit. Je n'aurais pas osé... Tu sais bien que maman n'a pas besoin de nous voir ni de nous entendre pour savoir s'il se passe quelque chose dans nos vies,

— Mes amours, mes amours, vous croyez que je vous ai faits avec mes oreilles[1] !... dit-elle,

« Je ne suis pas née de la dernière pluie. Lorsque je vous regarde, votre corps tout entier me parle, et vous ne vous en rendez même pas compte. Allez Solal, dis-moi tout. »

Solal s'exécute. Il raconte Barbara, avec une émotion palpable comme s'il s'agissait de son premier Noël... Il évoque leur rencontre imprévue, puisqu'il avait failli ne pas se rendre à cette soirée, et cette sensation de manque après leur premier rendez-vous. Sensation qui lui était étrangère : l'esprit totalement envahi, l'incapacité de se concentrer et ces papillons dans le ventre, dès qu'il pensait à elle. Il raconte aussi comment, la gorge nouée, il l'a appelée, comme si sa vie

---

[1] *Tirade de Maria Pacôme dans le film La crise, de Coline Serreau sorti en 1992*

en dépendait. Angoissé à l'idée qu'elle puisse ne pas décrocher ou pire, ne pas avoir envie de le revoir... Il décrit son impatience jusqu'à la soirée suivante et cette première nuit complète. Puis cette autre... Et déclare finalement qu'il ne peut plus le nier : il l'a dans la peau. « Et elle ? » demande Rebecca, suspendue aux lèvres de son fils. « Elle aussi semble accro » dit-il dans un souffle. C'est la première fois qu'il ressent de tels frissons. « Depuis Héloïse, dit Rebecca en riant. Tu te souviens de cette petite fille, ta première amoureuse, tu devais avoir 5 ans, je vous récupérais tous les deux à la sortie de l'école jusqu'à ce que sa mère quitte son travail et vienne la chercher lorsqu'elle devait travailler tard. Vous preniez le bain ensemble. Vous étiez si mignons, j'ai bien cru que rien ne pourrait vous séparer, jamais ».

L'ambiance est de nouveau détendue. À part pour Solal qui se sent sur le gril et totalement en émoi à l'évocation de sa toute nouvelle bien-aimée. Le jeune homme est si épris, qu'il en a l'air perdu. Un grand dadais qui n'a plus aucun contrôle sur son destin. C'est bien la première fois que Rebecca voit son fils dans un tel état et il faut dire que cela n'est pas pour lui déplaire. Rebecca est heureuse. Le petit garçon sensible part à la découverte des grands sentiments. L'amour...

Anna, quant à elle, est ravie. Non seulement pour son frère, mais aussi parce que, grâce à lui, elle n'est pas le centre d'intérêt de sa mère. Ce qui l'arrange, compte tenu de sa situation.

Ils ont fait le tour de leurs vies, parlé d'amour jusqu'à plus soif, et comme la fois précédente, c'est assez tôt que Rebecca les met à la porte. Solal part retrouver sa Barbara et Anna son Léonard. Quant à

Rebecca, elle prépare son baluchon et se couche le sourire aux lèvres. Pour le moment tout va bien.

Quelques cheveux, cils, sourcils et autres poils.

Quelques morceaux de vitalité aussi.

Elle n'a pas beaucoup mangé, pas beaucoup parlé non plus.

Colette l'attendait chez elle à son retour de l'hôpital. Elle est aussi restée la nuit qui a suivi.

Trois jours de somnolence, de nausées et de grande fatigue, comme d'habitude.

Elle lui a semblé en forme, Colette. C'est drôle qu'elle y ait prêté attention, compte tenu du contexte... Enfin, on ne se refait pas, Rebecca est toujours plus inquiète pour les autres que pour elle-même. Elles ont bien entendu évoqué sa relation avec Sébastien, mais elle était si épuisée que l'interrogatoire s'était bien vite arrêté. D'ailleurs, même les messages de Sébastien ne recevaient que tardivement leurs réponses, lorsqu'elle trouvait la force d'y mettre un minimum de formes. Il a partagé avec elle des podcasts de ses émissions de radio préférées ou des morceaux de musique, selon son humeur du jour. Du Gainsbourg principalement, du Bashung aussi. Elle lui a répondu par du Léonard Cohen, du Bob Dylan ou du Dalida. Elle a redécouvert l'univers sombre et mélancolique de la chanteuse depuis cette fameuse reprise par Ibrahim Maalouf. Et elle l'écoute en boucle. En particulier la chanson interprétée par Rokia Traoré, qui la met dans tous ses états : *À ma manière*. Elle la fredonne à longueur de journée

Avec des faux pas, des faux plis,

chacun de nous porte sa vie, à sa manière.

Quand on est beau au fond de soi,

un jour ou l'autre quelqu'un nous voit, à sa manière.

Même sous la pluie des mauvais jours, j'ai suivi la ligne d'amour,

à ma manière.

Pour tous les chagrins que je traîne,

j'ai mis mon cœur en quarantaine,

à ma manière...

Elle a même envoyé les paroles à Sébastien.

SÉBASTIEN

Léonard Cohen, Bob Dylan,
et soudain Dalida.
Tu es pleine de surprises !

Je ris. Tu as raison.
Mais là, c'est Dalida
par Ibrahim Maalouf
et Rokia Traore !

> Je trouve cette reprise incroyable, je ne m'en lasse pas. La voix brisée de cette chanteuse m'embarque...

Le vouvoiement et les longs monologues des e-mails ont cédé leur place aux vifs et complices échanges propres aux courts messages adressés par SMS. Un peu du charme désuet des courriers s'en est allé avec. Mais à chaque fois que son téléphone vibre et que le prénom de son correspondant s'affiche sur l'écran, Rebecca est surprise. Comme si ce dernier faisait soudain irruption dans son salon et se trouvait face à elle. Elle entend le son de sa voix, sent son regard se poser sur elle. Déjà avec les e-mails, elle avait l'impression qu'il faisait partie de sa vie, là, avec leurs échanges quasi quotidiens, tout s'accentue. Alors, Rebecca s'interroge : et si elle lui disait tout à leur prochain rendez-vous ? Oui ? Non ? À quel moment pourra-t-il se demander en toute légitimité pourquoi elle ne l'a pas dit avant, estimant que leur relation s'est tissée sur des mensonges et qu'il est alors impossible de poursuivre... Elle baigne en pleine dramaturgie. Comme si elle n'avait pas assez de soucis comme ça. Elle s'énerve, commence à rédiger un mail de rupture, puisque que celle-ci semble inévitable. Se reprend, réalisant qu'une rupture est un peu prématurée, puisque leur relation n'en est qu'à ses balbutiements. Alors, elle se calme. Se dit qu'elle ne doit pas se laisser submerger par tout cela, que l'idée est de se distraire de son quotidien et de sa maladie et qu'elle verra bien. D'ailleurs, ce soir, elle sort avec Colette et toute la bande.

Encore un peu de légèreté...

Bruno a dit oui. Un grand oui.

Finalement, lui aussi souhaite passer à autre chose, redécouvrir les joies « et les emmerdes » de la vie à deux. Partager son quotidien. Pour le meilleur et pour le pire. Une condition tout de même : que l'appartement soit suffisamment grand pour que chacun bénéficie d'un espace personnel. Une chambre à coucher, un salon, et une autre pièce que chacun aménagera selon son désir en bureau ou salon de lecture. Colette, à son tour, présente ses desiderata : pas de vis-à-vis et une orientation plein sud. Pour le quartier, ils n'habitent pas loin l'un de l'autre, dans le 9è arrondissement, et souhaitent y rester. Ils ont tous deux voté leur budget. Et chacun a lancé une recherche de son côté.

Jusque là, ils n'avaient rien vu d'extraordinaire. Mais aujourd'hui, elle va rejoindre Bruno qui a, selon lui, déniché la perle rare. Un duplex. Colette a toujours rêvé d'un appartement sur deux étages. Elle trépigne comme un enfant à qui on aurait promis sa première soirée pyjama. Elle se voit déjà signer les papiers et emménager, surprise par son entrain. Elle ne s'attendait pas à autant d'impatience à l'idée de faire des cartons pour emménager dans un nouvel espace et une nouvelle vie. Mais là, à l'approche de cette visite, elle ne peut nier son excitation.

Elle se souvient de ses sensations lors de sa signature pour son premier appartement. Ce mélange de peur et d'impatience. C'est à peu près cela qu'elle ressent. Ce frisson lié à la promesse d'une nouvelle vie est aujourd'hui accroché à un jeu de clés...

Elle en est là de ses réflexions lorsqu'elle aperçoit Bruno. Il attend devant un immense portail marron. L'agent immobilier arrive en même temps qu'elle. Un premier digicode et les voilà dans une cour pavée fleurie, de celles que même les parisiens découvrent parfois avec surprise. En face d'eux, une petite volée de marches en pierre et une autre porte. Un second digicode. Un superbe hall habillé d'un gigantesque miroir, un escalier recouvert d'un tapis rouge et de barres de sol en métal doré, et un ascenseur à la porte grillagée muni d'un siège pliant. Cinquième et dernier étage. Sur le palier, une seule porte, double. Bruno retient sa respiration. Malgré le temps nuageux et grâce à une hauteur sous plafond qui laisse Colette sans voix, la lumière inonde le séjour. Au fond de la pièce, un escalier en bois mène à l'étage supérieur où se trouvent une chambre et sa salle de bains, deux autres pièces et une salle d'eau. Colette ne prononce pas un mot. C'est magnifique. Elle veut vivre ici. Lumière, vue sur les toits de Paris, espace, matériaux, tout y est.

Après discussion, l'affaire semble conclue. Ils doivent tout de même attendre quelques jours avant d'avoir la réponse définitive. Le temps, pour l'agent, de transmettre les dossiers au propriétaire et de discuter avec lui.

L'excitation est à son comble pour Colette qui doit retrouver ses amis pour le dîner. Pour l'instant, elle ne veut rien dire à personne. Même pas à Rebecca. D'abord, parce qu'elle n'est pas encore sûre que l'appartement de ses rêves leur soit acquis. Mais aussi parce qu'elle préfère réserver la surprise à son amie et tout annoncer d'un coup lorsqu'elle pourra exhiber les clés et lui faire visiter les lieux. Impatience...

Sébastien

Faut-il que je t'envoie
un carrosse, Cendrillon ?
Tu es vraiment très douée
pour te faire désirer.
Je peux espérer te revoir
avant l'an prochain ?

>Oui. Dès demain.
>Chez moi ?

Cette réponse monosyllabique
me met en joie !
J'attends les instructions...

>Promis. Je serai plus bavarde.
>J'attends Colette... Elle était
>étrange au téléphone,
>elle m'a dit avoir quelque
>chose à m'annoncer.
>J'avoue, j'ai un peu peur...

Rebecca fait les cent pas dans le salon. La dernière fois que Colette lui avait semblé si fébrile datait de sa rencontre avec Bruno. Que peut-il se passer dans la vie de son amie ? Rebecca s'en veut. Elle n'a rien vu. N'a posé aucune question. Elle était persuadée que tout allait bien. Et si son amie était malade ? Et si Bruno l'avait quittée ? Et si elle avait rencontré un autre homme ? Et si Anna lui avait dit quelque chose dont elle n'avait osé parler avec sa mère... Et si... Rebecca est au bord de l'explosion lorsque son amie arrive enfin.

– Que se passe-t-il ? C'est grave ? Pourquoi n'as-tu rien dit au téléphone ?

Colette répond par un large sourire. Elle entre et passe devant Rebecca, la démarche fière, sans un mot. Arrive dans le salon. Sort de son sac un trousseau de clés, se tourne vers son amie et lance « Tadaaa », accompagnant l'expression d'un geste théâtral. Rebecca n'a pas bougé. La bouche entrouverte. Les bras ballants. Elle ne voit absolument pas de quoi il en retourne. Elle cherche la réponse dans les yeux de Colette.

— Un scooter ? Une voiture ? Une maison de campagne ?

— Rien de tout cela, ma chère. Les clés du bonheur et de ma future demeure...

— Mais... Tu déménages ? Pourquoi ? Que se passe-t-il avec ton appartement ?

— J'emménage avec Bruno,

— Pardon ? ... Je crois que je vais m'assoir...

— Mais non, ça va aller, je t'emmène voir ça de tes propres yeux.

— Après toutes ces années de résistance et de grandes théories, te voilà finalement contaminée, « tu » deviens « vous » ?

— Tu me connais tout de même, ce n'est pas parce que j'emménage avec Bruno que je vais me transformer en parfaite disciple de Nadine de Rotschild ! ...

Tout en prenant la route, Colette raconte les récents événements qui sont venus bouleverser ses certitudes. Elle avait répété cette scène tant de fois ces derniers temps. « Tu vois, finalement, j'ai eu cette envie de former un vrai couple avec l'homme que j'aime depuis dix ans ». Alors, Rebecca comprend. Cette envie, ce besoin, de sentir que l'autre est là. Par défaut. Contre vents et marée. Elle entend. « À l'approche de la soixantaine, peut-être que c'est ridicule ». Non. Ridicule n'est pas le mot qui lui vient à l'esprit. Se réinventer à 60 ans, Rebecca trouvait cela plus proche de la poésie que du ridicule. Et n'est-ce pas ce qu'elle-même était en train de faire, depuis l'annonce de son cancer du sein ?

Elles se trouvaient face à la double porte de l'appartement. Colette ne quittait pas son amie des yeux. Elle ne voulait rien perdre de sa réaction. Et elle ne fut pas déçue. La beauté de cette vue sur les toits de la capitale offrait un cadre parfait pour se lancer dans l'aventure d'une nouvelle vie à deux. Rebecca était aux anges pour son amie. Elles tombèrent dans les bras l'une de l'autre au milieu du salon baigné de lumière. Effusion.

Elle ne veut pas lui en parler. Ce soir non plus. Non. Vraiment pas.

Elle voudrait vivre encore un moment hors du temps. Hors de son temps. Ce temps avec la maladie. Elle va plutôt lui parler de Colette et de son nouveau projet de vie de couple. De ce sublime appartement dans lequel ils vont emménager. Et de son fils, son petit, si sensible, qui ouvre son cœur et décide de se frotter pour la première fois à des sentiments amoureux...

Elle va lui parler de vie. De la vie. LA VIE.

Rebecca se met aux fourneaux en début d'après-midi. Elle a décidé de cuisiner un tajine de poulet aux artichauts et citrons confits.

Ensuite, elle nettoie et range l'appartement comme elle seule sait le faire. Rien qui dépasse. Puis, se repose enfin jusqu'au moment de se préparer à recevoir son invité.

Elle s'observe longuement dans le miroir. Passe en revue les absences. Les disparitions. Comme chaque jour. Et toujours cette découverte... Le sein gauche remplacé par la cicatrice encore saillante. Ses cils et sourcils plus épars qui donnent à son regard l'air un peu perdu. Ses cheveux courts un peu moins fournis, eux aussi. Mais présents malgré tout...

À coup de crème hydratante et de rouge à lèvres – elle ne peut pas mettre de mascara, sans quoi elle y laisserait le reste de ses cils – elle tente de retrouver un peu de son éclat. Absent lui aussi. Elle enfile un jean, devenu légèrement trop grand, son soutien-gorge à prothèse et un pull. Se regarde de nouveau. « Bon, pas trop mal. ».

Elle dispose sur la table basse du salon des olives, des gressins, deux verres, la bouteille de Sancerre. Réalise qu'il est trop tôt. Remet la bouteille au frais. En fond sonore, retentit la triomphante trompette d'Ibrahim Maalouf dans son album de reprises de Dalida.

Elle est impatiente. S'interroge. Sera-t-elle capable de s'abandonner dans ses bras ? Les frissons ressentis au contact de ses lèvres et cette chaleur soudain dans le bas-ventre lui reviennent en mémoire et son corps se souvient. Mais aura-t-elle l'audace de se dévêtir devant lui ? De n'écouter que son désir ? D'oublier ce corps qui en dit trop sur sa vie ? Ce corps dont elle ne sait comment il réagirait sous les caresses ? Ce corps dont elle ne sait plus s'il est le sien...

Elle est tirée de ses rêveries par la sonnerie de l'interphone. Aussi heureuse qu'étonnée de ces papillons dans le ventre. Heureuse de connaître ces élans oubliés depuis si longtemps. Un peu plus qu'en vie. Elle se regarde une dernière fois, passe la main dans ses cheveux et ouvre la porte. Presque une adolescente. Juste un peu plus naturelle.

Entre elle et Sébastien, le courant est passé dès les premiers échanges et la réalité de leur rencontre n'a rien enlevé à cela. Elle le vérifie pour la seconde fois. C'est comme s'ils se connaissaient depuis des années. Ce soir encore, la conversation est fluide. Roulant du passé au présent. De la légèreté au sérieux. De ce repas devant lequel il s'extasie à la gastronomie française, italienne, éthiopienne ou asiatique. De leurs précédentes relations à l'éducation de leurs enfants. De leur travail à leur vie sociale. Revenant sur leur jeunesse, leurs premières fois, les amis, les sorties, les week-ends, les voyages, les mariages, les parents...

Et soudain le choc.

Lorsque Sébastien évoque sa mère, diagnostiquée d'un cancer des ovaires alors qu'il allait lui annoncer son mariage. Et ces festivités préparées à toute vitesse, suivies de près par la mort.

Rebecca est blême. Totalement muette. « Mais tout va bien Rebecca, de très belles années se sont écoulées depuis. » Rebecca ne peut plus bouger. Dans sa tête, les mots se bousculent sans qu'aucun son ne puisse franchir ses lèvres. Sébastien leur sert un verre. Il n'ose plus rien dire, lui non plus. Se demande s'il doit partir ou rester, lui parler de nouveau ou se taire. Il se décide pour la seconde option et ils restent ainsi un long moment, silencieux, distants.

Soudain les mots de Rebecca. « bouleversée... ma mère aussi... ma grossesse... en même temps... chacune de notre côté... comme toi... brutalité... adultes du jour au lendemain... ». C'était au tour de

Sébastien de perdre ses couleurs. Rebecca ne pouvait plus s'arrêter. « plus récemment... mon tour... intervention... ». Les mots s'échappent. S'évadent. Filent. Fuient. « couper ses cheveux... le sein... ». Et ce traitement, long et lourd. Cette transformation qui la mène vers une nouvelle version d'elle-même qu'elle ne connaît pas encore. Elle ne lui cache pas non plus ses peurs. Évidemment, elle évoque son entourage sans qui elle n'aurait probablement pas cette force. Que ce soit Colette et les sorties entre amis dans lesquelles elle l'a entraînée ou ses enfants présents au quotidien pour l'accompagner dans cette aventure... Tout ce qu'elle voulait taire est là, étalé entre eux. Et elle pose des mots sur ce cancer, grave mais non mortel. Ce cancer que son médecin avait qualifié de « petit cancer ». Cette maladie qui bouleverse son corps, sa vitalité, sa vision des autres... Qui met sa vie sens dessus dessous, depuis près de six mois maintenant et pour un temps indéterminé. Mais qui ne la tuera pas.

Elle se tait finalement. Sébastien ne l'a pas quittée des yeux un seul instant. Le silence s'installe de nouveau entre eux. Rebecca reprend la parole « je comprendrais... je ne t'en voudrais pas... depuis si peu de temps... »... Toujours silencieux, Sébastien se lève, prend sa veste, la regarde, se dirige vers la porte et sort.

Rebecca se retrouve seule. Sa tête sur le point d'exploser. Elle se sent en-dessous de tout. Mais pourquoi a-t-elle déballé tout ça ? Évidemment qu'il est parti. Elle-même trouve que c'est trop, alors lui... Elle lui envoie un message : « Pardon. ». Elle n'attend pas de réponse. Non. Bien sûr que non. Il ne répondra pas. Elle se ressert un verre. Est incapable d'aller se coucher. Alors elle reste là, assise dans son salon. Submergée par ses émotions. Se repassant le film de ce début de soirée en boucle.

Une heure plus tard, la sonnerie de la porte retentit.

– Désolé, c'était trop, je n'ai pas su réagir, mais en fait...

Rebecca ne le laisse pas poursuivre et l'embrasse avec fougue tout en refermant la porte. Sans le lâcher, elle l'entraîne vers sa chambre, retirant progressivement leurs vêtements. Sa tête lui dit non. Son corps tient un tout autre langage. Elle s'abandonne. Tant pis. Tant mieux.

Dès que leurs lèvres se sont rencontrées, elle a su qu'elle ne pourrait résister. S'est sentie emportée par une vague. De plus en plus grosse, de plus en plus irrésistible. À chacune des caresses de Sébastien, elle se sent un peu plus en vie. Ses mains glissent dans son dos, jusqu'à l'agrafe du soutien-gorge. Rebecca les repousse. Il remonte de nouveau. Elle le repousse encore. Puis encore.

– Non. Je veux le garder.

– Tu es sûre, c'est non négociable ?

– Absolument.

– Bon.

Pendant quelques instants, Rebecca est déstabilisée. Elle se détache de lui. S'éloigne pour éteindre la lumière. Il la rattrape. La serre dans ses bras. Redouble d'attentions. À l'écoute. Tout en douceur, il la laisse reprendre son souffle. Ressentir de nouveau le désir.

Le désir.

Ce mot qui ne faisait plus partie de son vocabulaire depuis si longtemps. Elle en est submergée. Leurs corps ne font plus qu'un. C'est comme s'ils se connaissaient depuis toujours. Dans un abandon dont elle ne se savait plus capable, Rebecca oublie. Les cures de chimio, les cicatrices, le sein en moins... Son corps réagit. Elle est en vie. Totalement. Submergée par la vague.

Elle ouvre les yeux. Il est à ses côtés.

Tout lui revient.

Les mots, l'émoi, les regards, la tendresse, les caresses, les frissons...

Elle se sent bien.

Et chamboulée.

Elle a passé la nuit avec un homme.

Elle a passé la nuit avec lui.

Celui qui, il y a peu, répondait au pseudo de Seb007 est là, entre ses draps. Abandonné dans son sommeil.

Rebecca est trop secouée pour passer une minute de plus dans son lit. Elle a besoin d'une autre perspective pour prendre pleinement conscience de la situation. Elle se lève, prépare du thé. Dresse une table de petit-déjeuner et s'installe en l'attendant. Son téléphone affiche déjà des messages de Colette et de Solal. Évidemment. Elle joue avec. Amorce une réponse qu'elle ne termine pas. Recommence. Décide d'y revenir plus tard, lorsqu'elle sera de nouveau seule.

Elle veut profiter de ce moment. Mais elle ne peut s'empêcher de se demander si le réveil sera à la hauteur de cette soirée et cette nuit si riches en surprises et en rebondissements.

Quelques minutes à peine et elle a la réponse. Sébastien la rejoint, sourire aux lèvres. Le premier réveil... La découverte de l'autre sans fard, vulnérable, encore un pied dans la nuit. Il s'approche et dépose un baiser sur ses lèvres. Demande où se trouvent cafetière et café, s'émerveille devant la « netteté » de son appartement où rien ne dépasse « même pas une éponge... ». La conversation est légère. Ce n'est qu'au moment de se séparer qu'ils reviennent sur les révélations de la veille et sur le cancer de Rebecca. « ... loin d'être un détail... fait partie de toi... tout comme cet ordre absolu... »... Rebecca répond, elle aussi a aimé tout ce qui s'est passé et se sent finalement soulagée d'avoir partagé ce qu'elle traverse.

Lorsqu'il la quitte, Rebecca se sent aussi détendue que confuse. Et si elle avait tout faux. Et si le fait de partager ce qu'elle vit en ce moment faisait disparaître la bulle de bien-être et de légèreté que constitue sa relation avec Sébastien ? Elle ne sait plus trop quoi penser. Et finalement, cela la fait rire : c'est comme si elle avait quinze ans de nouveau...

Alors elle s'intéresse aux messages de Colette et de ses enfants qui s'affichent sur son téléphone. Commence par rassurer Solal et Anna.

Oui, elle va bien. Très bien même. La soirée s'est très bien passée. Puis, elle appelle Colette.

— Je lui ai tout dit et j'ai passé la nuit avec lui.

Le rire de Colette. Rebecca est rassurée. Elle rit à son tour, raconte les révélations de Sébastien et les siennes. L'approche de Sébastien. Son départ soudain et son retour, alors qu'elle pensait qu'elle ne le reverrait plus jamais. Elle rit en racontant comment elle a manœuvré pour garder son soutien-gorge, comme dans les séries américaines. « Sauf que dans les séries, les filles se réveillent avec leur soutien-gorge bien en place, alors que la réalité est bien moins seyante et confortable... ».

En raccrochant, Rebecca se souvient de tous ces moments, lorsque les deux amies se racontaient leurs histoires de cœur, les fous-rires, les nuits blanches... Et elle réalise : elle est donc encore capable de vivre des émotions. Finalement, peut-être qu'elle est toujours la même ?

Sébastien

Je ne te manque pas trop,
Cendrillon ?

                    Prétentieux !
                    Quoique... Peut-être un peu
                    quand même.

Je ne m'éloigne pas trop alors,
au cas où tu voudrais me revoir...

Une soirée sushis avec Anna et Solal.

Une cure de chimio.

Soixante-douze heures de rien.

Quelques soirées entre amis.

Beaucoup de messages, une soirée et une nuit avec Sébastien (et toujours avec soutien-gorge).

Re-Sushis-Chimio-Soixante-douze heures.

Elle est là. Debout. Vivante.

C'était la dernière fois.

Pour l'instant, tout va bien.

Cinq semaines encore. Dans cinq petites semaines, le grand rodéo s'achèvera. Elle pourra reprendre le cours de sa vie. La grande odyssée se poursuit, mais la fin est proche. Et cette fois, à la fin, ce sera la libération.

Se rendre à l'hôpital, attendre au milieu de personnes malades. Tous atteints d'une forme ou d'une autre de cancer.

Tous les jours de la semaine.

Tous. Les. Jours.

Lire les effets du temps et de la maladie sur leurs corps et dans leurs yeux. Lui, dont le souffle émet un sifflement rauque à chaque inspiration, et dont le regard est pourtant vif et rieur. Elle, qui porte une perruque, la tête dans les épaules et qui semble si triste. Lui, accompagné par les pompiers, allongé dans son brancard, la femme à la traîne, l'air perdu. Elle, jeune adolescente au turban et blouson de cuir, blottie contre sa mère...

Les mêmes.

Tous. Les. Jours.

« Bonjour messieurs dames, beaucoup de retard aujourd'hui ? »

Des panneaux sur les portes indiquent le temps d'attente, mais Rebecca aime poser la question directement aux autres patients. Vingt minutes seulement aujourd'hui. Mince, soixante minutes et pas de livre dans le sac à mains. Quarante minutes... Patience.

Tous les jours.

« Madame Maier ? »

Passer par le vestiaire. Enlever le haut. Suivre le manipulateur jusqu'à la salle des machines. Avoir froid. S'allonger, prendre la pose, les bras levés derrière la tête, se laisser faire, un peu plus à gauche, un peu plus à droite, l'épaule droite un peu plus basse, le bassin un peu plus haut. Ne pas bouger. Le son des machines, si fort. Les fourmis au bout des doigts. Vingt minutes. Se rhabiller. « À demain ».

Tous les jours.

Une semaine. Rien à signaler.

Deux semaines. Toujours rien.

Deux semaines et demi. Bascule dans la seconde moitié. Joie.

Trois semaines. La peau rougit dans les heures qui suivent sur la zone irradiée. Plus rien au réveil le lendemain.

Les jours se trainent. Plus la fin approche, plus elle semble s'éloigner.

Quatre semaines. La peau brûle désormais en permanence et reste rouge malgré les crèmes prescrites par le médecin. Elle a hésité à faire appel aux coupeurs de feu, puis... La fatigue a gagné du terrain. La proximité avec ces autres aux regards de noyés, le cumul des traitements, les allers-retours quotidiens, l'impatience...

Probablement tout cela à la fois. Énergie est un mot du passé. Le moral est en berne.

Dernière semaine.

Cinq jours. Quatre. Trois. Deux. Un.

« Madame Maier ? »

Pour la dernière fois, passer par le vestiaire. Enlever le haut. Suivre le manipulateur jusqu'à la salle des machines. Avoir froid. S'allonger, prendre la pose, les bras levés derrière la tête, se laisser faire, un peu plus à gauche, un peu plus à droite, l'épaule droite un peu plus basse, le bassin un peu plus haut. Ne pas bouger. Le son des machines, si fort. Les fourmis au bout des doigts. Vingt minutes. Se rhabiller. Un dernier rendez-vous avec l'oncologue. Tout va bien.

C'EST LA FIN.

Sur le mur, face aux salles des machines, est accrochée une cloche. La semaine dernière, l'adolescente au turban et blouson de cuir a tiré sur la corde pour signifier la fin de son traitement. Sa mère le visage mouillé de larmes. Tout le monde a applaudi. Elle était si émue... Aujourd'hui, c'est au tour de Rebecca. Elle hésite, se demandant où en sont ses camarades de salle d'attente. Elle s'est sentie « si peu » malade à côté d'eux. Loin d'être une adolescente, pas de turban ni de perruque, pas de sifflement lorsqu'elle respire, pas de brancard, et aucune différence visible entre le début et la fin des rayons... Certains jours, elle se sentait si pleine de vie qu'elle avait vraiment l'impression de n'avoir rien à faire dans cette salle. L'envie de prendre ses jambes à son cou...

Pourtant, elle aussi est une survivante, elle aussi a vécu les étapes, le sein en moins et la chimio. Elle aussi va subir les contrôles tous les ans. L'épée de Damoclès de la « récidive » au-dessus de la tête. Elle aussi est au bout du rouleau, même si elle a envie de faire des bonds, là, maintenant tellement elle est heureuse que ce soit terminé. Alors elle y va. Se tient à côté de la cloche. Ding, dong, ding...

Applaudissements Messieurs-Dames.

Clap de fin.

Les manques. Les absences. Les disparitions.

Cette maladie ne parle finalement que de cela. Les personnes d'abord, comme sa mère, celle de Sébastien et tant d'autres. Le physique ensuite, avec les interventions et les traitements. Et finalement le mental. Une étape après l'autre. Progressivement. Un sein, des poils, des cils et sourcils, des cheveux, de l'énergie, un peu de libido, de la vivacité, de la vie...

« Vous allez mourir un jour, mais pas de ça et probablement dans très longtemps... » lui avait dit l'oncologue lors de son premier rendez-vous. Est-ce pour cela qu'elle a eu ce besoin de se rapprocher autant de ceux qu'elle aime. De faire de la place à la vie, tant que c'était possible. Était-ce cette phrase qui avait manqué à Sonia ? Cet espoir mué en certitude par le poids de la parole médicale ? Ou plus certainement la chance d'être malade aujourd'hui, alors que des traitements ont été développés. Alors que dès le diagnostic, les médecins sont capables de dire à quel point la maladie est grave ou pas. Joie. Émotion. Simultanément. Elle est une survivante. Sa propre mère n'a pas eu cette chance. Elle, si.

Fin de la malédiction.

SÉBASTIEN

C'est fini ! Je viens de faire la roue. Dans la rue. Et de pleurer un peu aussi. De joie, bien sûr... On se voit demain soir ?

Tu me laisses donc une soirée et une journée entière pour apprendre à faire la roue ? C'est gentil !

C'est trop ?... Je suis désolée, ce soir, j'ai besoin d'être seule, ne m'en veux pas.

Si. J'adore que tu aies quelque chose à te faire pardonner.

Moi et ma culpabilité serons au rendez-vous demain. Tu me diras où et à quelle heure ?...

Elle a besoin d'être seule chez elle. De laisser ses pensées se poser. Sur eux. Ceux qu'elle aime. Ceux qui ont subi, sans le vouloir, les effets de ce séisme qu'elle a provoqué et qui s'est propagé. Bouleversant chacun dans son quotidien.

Et c'est comme si elle ouvrait les yeux pour la première fois depuis le début de cette aventure.

Pourtant, elle a passé du temps avec eux, qu'il s'agisse de ses enfants ou de Colette.

Pourtant, elle les a écoutés parler avec la plus grande attention.

Sensation d'absence.

Comme si elle avait été coincée à l'intérieur d'elle-même. Recroquevillée. Entre parenthèses.

Comme si ce qu'elle avait vécu était si fort et lourd que cela ne laissait pas de place aux émotions qui ne la concernaient pas directement. Même lorsqu'il s'agissait de ses propres enfants.

Elle a été incapable de réellement ressentir leur émotion.

Pour la première fois de sa vie. Pour la première fois de leur vie.

Elle pensait qu'elle avait été émue lorsque Solal parlait de sa Barbara. Heureuse de savoir qu'il allait enfin se laisser aller aux émotions.

Elle croyait qu'elle avait été heureuse pour Colette, à l'annonce de sa nouvelle vie.

Mais au fond... Non : elle n'avait rien RESSENTI. Elle savait qu'elle devait être heureuse, mais ne vivait pas pleinement ce bonheur. Toutes ces sensations lui apparaissaient aujourd'hui comme lointaines.

Alors, elle comprend cette distance qu'avait installée Sonia d'une toute autre façon : comme un barrage pour protéger les autres de son égoïsme temporaire...

Là, soudain, elle tremble. Ressent. Voit. Avec tout son corps. Que Solal est perdu et heureux à la fois : amoureux. Que sa fille a quelque chose à lui dire, mais qu'elle n'ose pas. Que Colette s'est jetée dans une aventure qu'elle n'avait jamais voulu ou osé vivre auparavant. Qu'elle-même est allée à la rencontre de Sébastien. Qu'elle a saisi cette chance de le rencontrer à ce moment précis de sa vie, comme si c'était écrit, comme si rien n'arrivait par hasard... Le jeu de la vie.

Elle voit que tous, face à la mort, ont fait un peu plus de place à la vie. Tous, emportés par cette déflagration – sa déflagration – se sont ouverts. Tous se sont exposés. En même temps qu'elle. Ils ont pris le risque de ressentir la dépendance à l'autre, de se faire rejeter par un ou une amoureuse, de se voir refuser une proposition de vie commune. Tous, avec elle, se sont laissés emporter vers l'inconnu. Sans retenue.

ANNA

Je ne sais plus quoi faire de tout ce temps maintenant que je n'ai plus de rayons tous les jours. Tu es libre pour le déjeuner ? Je viens dans ton coin ? Tu as un peu de temps ?

Venir jusqu'à moi, là, comme ça ? Mais qui êtes-vous et qu'avez-vous fait à ma mère ?

Il fallait qu'elle ait un tête-à-tête avec sa fille. Quelque chose se tramait dans la vie de son aînée et cette dernière ne voulait pas lui en parler. Anna. Son volcan. Et toujours son esprit sarcastique. Ses mots tranchants comme des lames de rasoir. Héritage...

Rebecca sait que cela ne va pas être simple. Avec Anna, ça ne l'est jamais. La tension est toujours invitée dans leurs conversations. La relation n'est pas aussi houleuse et pleine de colère qu'elle ne l'était entre sa mère et elle. Elles savent s'aimer, se parler, s'avouer leur tendresse, s'enlacer, mais les confidences ne se fraient pas leur chemin sans peine. Comme lors de cet épisode, alors qu'Anna devait emménager avec Léonard après trois ans de relation amoureuse. Sa fille n'avait réussi à parler avec sa mère qu'à la limite de la rupture, lorsque son compagnon lui avait posé un ultimatum. Et Rebecca n'en avait eu vent que des mois plus tard. C'est là qu'elle avait perçu cette inversion des rôles : la fille qui prend soin de sa mère. Était-ce leur huis clos depuis le divorce de Rebecca ? Était-ce parce qu'elle est l'aînée ? Était-ce le poids de l'histoire de cette lignée de femmes ?...

Rebecca arrive la première au restaurant où Anna lui a donné rendez-vous. S'installe de sorte à voir les gens entrer. Et toujours cette émotion dès qu'elle aperçoit sa fille.

Elles sont là, debout, toutes les deux à côté de la table. Enlacées. Soulagées après cette traversée. Émues. Plus que jamais. Soudain Rebecca sait. Une intuition. Elle voit. Avec son cœur de mère. Elle ne dit rien. S'en veut de n'avoir pas vu plus tôt. Culpabilise de ne pas avoir laissé de place à sa fille pour s'exprimer. Comprend à quel point il était difficile pour Anna de parler et peut-être même de vivre cet événement. Cette fois, encore plus que les précédentes.

Alors, une fois assise, Rebecca se lance. Lui dit à quel point elle la trouve magnifique. Suggère qu'elle a peut-être une nouvelle à annoncer. Parle avec les larmes qui montent aux yeux et la voix qui tremble. Montre qu'elle a compris. Et le geste de sa fille qui passe la main sur ce grain de beauté au-dessus de ses lèvres. Ce geste commun chez les deux femmes. Elles savent toutes les deux. Mais Rebecca laisse le temps à sa fille de prendre son souffle et de s'élancer. En suspens.

Alors Anna laisse exploser sa joie et son angoisse, larmes et mots s'échappent « ... Voulu partager... Mais notre histoire... Comme si... Bégaiement... ». Non. Cette fois l'histoire ne se répète pas. Rebecca est là, entière (ou presque), prête à accompagner sa fille dans ce voyage qu'est la grossesse et à vivre pleinement l'événement à ses côtés.

Mère et fille.

Sebastien

            Ma fille vient de m'annoncer
            qu'elle et Léonard attendent
            un enfant...

Comment disais-tu déjà ?
La déflagration n'a pas
tout emporté...

                      C'est exactement ça.
                      Mais que de turbulences !

Quoiqu'il en soit,
le Sancerre est doublement
au programme de demain.

Vertige.

Sa fille devient mère. Le souvenir du regard d'acier de Sonia transperce encore Rebecca. Sa distance imprégnée de douceur. Elle revit pour la énième fois cette fameuse journée : elle, toute à sa joie d'annoncer sa grossesse et sa mère qui lâchait le mot « cancer » comme on lâche une bombe. Toutes deux, droites sur leurs sièges et ce silence d'une épaisseur palpable entre elles. Combien de fois a-t-elle rejoué cette scène ?

Depuis qu'elle a vu Anna, Rebecca ne peut s'empêcher de superposer les deux moments. Soudain, elle comprend : forcément, Sonia se doutait qu'elle ne pourrait protéger sa fille de la douleur, ni partager sa joie. Elle se doutait qu'elle ne pourrait jouer son rôle et elle en était si blessée que la distance semblait la seule option pour traverser cette épreuve dont la fin était si tristement prévisible. Alors, elle s'était laissée aller à sa propre nature et s'était repliée sur elle-même.

Ce n'est qu'aujourd'hui que Rebecca voit tout cela aussi clairement. Elle aimerait dire à sa mère qu'elle a compris. Sonia lui répondrait certainement « Tu vois... tu étais trop jeune... ». Rebecca s'emporterait « évidemment, tu savais... et moi, je ne savais rien, comme toujours mais j'aurais aimé en faire plus pour toi... Tu aurais pu nous laisser une chance ». Elles auraient une de leurs fameuses engueulades. Rebecca partirait en claquant la porte...

Elle sourit. Oui, elle était effectivement trop jeune et avait trop peu vécu lorsque tout cela s'était produit. Sonia aussi d'ailleurs. Beaucoup trop jeune pour mourir. Surtout. Sa gorge se noue. Les sentiments contraires...

Et finalement, la joie.

Elle est là, en vie. Aux côtés de sa fille. Prête à partager avec elle tous ces moments intenses. Heureuse de savoir que sa petite va vivre pleinement cet immense changement dans sa vie, entourée comme il se doit, par ses proches. Tous ses proches.

Elles ont aussi parlé des autres. De Solal et de Colette, en particulier. Et Rebecca a bien failli s'étrangler lorsque sa fille lui a dit qu'elle n'était pas la première à être au courant. Anna n'a pu s'empêcher de raconter que le soir où Solal lui avait parlé pour la première fois de Barbara, Léonard venait de lui dire qu'il voulait un enfant d'elle. Il lui était impossible alors de ne pas partager cette nouvelle, elle avait envie de la crier sur les toits, alors elle avait téléphoné à son frère et c'est ensemble qu'ils avaient appelé Colette.

Bien sûr, Rebecca était heureuse que ses deux enfants soient si proches. Présents l'un pour l'autre dans ces moments où la vie crée des turbulences. Peut-être même en tirait-elle une certaine fierté : c'était un peu grâce à elle, n'est-ce pas ? Oui, évidemment que c'était grâce à elle. Elle avait su préserver la complicité et la proximité entre eux trois, faire en sorte qu'ils se protègent les uns les autres et s'aiment en toutes circonstances. Quant à Colette, Rebecca sait pertinemment que son rôle a été crucial durant toute cette période. Elle qui était déjà très liée aux enfants s'était évidemment encore plus rapprochée d'eux.

Alors, oui, elle voit bien que les rôles se sont inversés pendant un temps. Mais aujourd'hui, elle peut rétablir la situation. Reprendre sa place auprès des siens. N'est-ce pas ?

Elle aimerait que son médecin le lui affirme. Comme il lui a affirmé qu'elle ne mourrait pas de son cancer du sein.

Et elle se demande de nouveau s'il est possible d'être la même après cette traversée. Elle a tout entendu sur ce sujet. Et nombreux sont ceux qui parlent de cette maladie en évoquant un avant et un après.

Oui, elle doute. Est-il possible malgré les pertes, malgré les disparitions, malgré la puissance de la déflagration, de reprendre le cours de sa vie ? Est-il possible de porter le même regard sur les autres, sur sa vie, sur la vie. Est-il possible de reprendre la même place auprès des siens ? Une mère dévouée ? Une amie fidèle ? D'être aussi solitaire, curieuse, ouverte, à l'écoute qu'avant tout ça ?

La suite prévoit encore quelques réjouissances. Comme ce traitement hormonal qu'elle doit suivre désormais, à raison d'un comprimé par jour. Sera-t-il aussi inoffensif que son médecin le lui a laissé entendre ? La liste des effets secondaires longue comme son bras semble indiquer le contraire…

Le vide laissé par les traitements de choc subis ces derniers mois est empli de nouvelles questions. Encore.

Rebecca a besoin de calme mais aussi de profiter de chaque instant. Encore.

Pourtant ce soir, comme elle l'a prévu, elle va voir Sébastien. Elle va partager avec lui ses questionnements. Elle va s'ouvrir à son point de vue. Célébrer la fin de ces traitements. Célébrer la vie.

Rebecca ouvre les yeux. Une immense fatigue l'empêche d'effectuer le moindre mouvement. Comme si un rouleau compresseur la maintenait clouée sur son lit. Elle le regarde. Abandonné. À ses côtés. Comme si souvent depuis quelques temps. Presque une habitude déjà. Elle voudrait se lever, aller préparer du thé, démarrer une nouvelle journée. Mais elle ne parvient pas à bouger. Elle compte jusqu'à dix. Arrive tant bien que mal à poser enfin un pied par terre. Le corps qui suit le mouvement. Le second pied. Elle se lève. S'observe dans la glace de la salle de bains et peine à se reconnaître. Si encore cette tête était le résultat d'une folle soirée comme elle en passait dans sa jeunesse. Elle sourit à cette idée... Tellement loin de la réalité. Elle ne comprend pas cette fatigue. Hier encore, tout allait bien, elle fêtait avec Seb la fin de ces lourds traitements, se réjouissait à l'idée de ces belles et longues journées qui l'attendaient de nouveau. Ces journées qu'elle pourrait partager avec ceux qu'elle aime et qui, pour l'instant, étaient vides de rendez-vous médicaux, mais là, elle a les larmes aux yeux et n'en perçoit aucune raison valable.

Elle met de l'eau à bouillir, prépare la table du petit déjeuner, et décide de traiter cela avec mépris. Faire comme si tout allait bien. Et boire du thé. C'est toujours une bonne idée. Ça va aller.

Peu de temps après, Sébastien la rejoint. Tendre, attentionné et, comme Colette lorsqu'elle était à ses côtés, il sait se faire petit. Rebecca a été claire dès leurs premiers échanges sur le fait qu'elle aime être seule. Aujourd'hui, malgré le sourire qu'elle affiche, il la sent très distante. Il a la délicatesse de ne pas en parler. Il plaisante un peu. Elle lui dit qu'elle a besoin d'être seule et que cela risque de durer un peu. Il s'éclipse.

Rebecca tourne en rond, ne tient pas en place. Partagée entre cette envie de rester seule, de laisser son esprit vagabonder au gré de ses pensées et la promesse faite à Colette, de célébrer avec elle et toute la petite bande la fin de ses traitements. Et cette fatigue qui semble s'amplifier chaque minute. Elle ne va tout de même pas aller se recoucher ? Ou peut-être que si ? Elle se dirige vers sa chambre. S'allonge dans le lit encore défait. Ferme les yeux. Ses pensées sens dessus dessous. Lourde comme du plomb. Le sommeil tarde.

Colette
10h41
Je t'ai donné l'adresse du rendez-vous ?

10h45
Tu es toujours avec Sébastien ?

10h50
Tu viens avec lui ?

Solal
10h48
Maman ?

11h10
Je m'inquiète ?

11h19
J'appelle Anna ?

Anna
11h26
Maman ?

11h40
Solal est inquiet, tu peux le rappeler ?

11h50
Maman ?

 11h52
Je t'ai laissé un message... Tu peux me rappeler ?

 11h54
J'appelle Colette...

Colette
 11h57
Je ne vais pas me vexer : visiblement tu ne réponds pas plus à tes enfants qu'à moi, mais peut-être dois-je m'inquiéter ? Bref, si tu ne réponds pas d'ici une demi-heure, je viens. Je te rappelle que j'ai toujours tes clés. Tu es prévenue !

 12h30
Bon, j'arrive.

« REBECCA, C'EST MOI ! Tu es seule ? Tu es là ? Présentable ? Ça va ? ». Rebecca réalise que le sommeil a dû finir par la rattraper « Oui ça va, je suis là... ». Colette entre dans la chambre comme une tornade « Mais que se passe-t-il ? Ça va ? Tu as fait un malaise ? Tu es tombée dans les pommes ? »... Rebecca tente de rassurer Colette, commence à peine une phrase et fond en larmes... Elle se retrouve dans les bras de son amie, sans pouvoir s'arrêter de pleurer. Et sans comprendre ce qui se passe. Colette, un peu perdue, tente d'apaiser Rebecca, propose d'aller préparer du thé. Rebecca reste un moment là, assise sur le bord de son lit, la tête dans ses mains. Se lève. Titube jusque dans la salle de bains. Se passe de l'eau froide sur le visage et retrouve son amie dans la cuisine. Cette dernière, en plus de préparer du thé, a appelé Anna et Solal pour tenter de les rassurer.

« Je ne comprends pas... Hier, ça allait... Sébastien... depuis le réveil... aucune énergie... » «... pas d'inquiétude... probablement un contrecoup... beaucoup de pression... très dur tout ça... très forte depuis le début... ».

Oui. Elle a traversé tout cela sans relâcher son attention, ne serait-ce qu'une minute, droite dans ses bottes, la tête haute, le regard porté au loin sur la ligne d'arrivée. Comme si elle avait embarqué dans un train direct. Même pas un arrêt. Les étapes se sont succédé avec autant de lenteur que d'inexorabilité. Alors là, maintenant qu'elle est arrivée au bout de cette route, il semblerait que tout son corps lui réclame une pause. Colette lui rappelle ces choses qu'elle avait évoquées après l'un des premiers rendez-vous, lorsqu'elle avait parlé de psychologue, d'acupuncture ou encore de yoga. Lui dit que ce serait peut-être une bonne idée de se pencher sur la question. Qu'elle a peut-être besoin maintenant de prendre soin d'elle. De reprendre possession de son corps... Mais Rebecca est si déboussolée qu'elle se remet à pleurer. Et à crier en même temps. Mais que sait son amie de ce qu'elle ressent ? Comment peut-elle lui dire ce qu'elle devrait ou ne devrait pas faire ? Que connait-elle de ses sensations au sujet de son corps ?... Colette ne sait plus quoi dire ou faire. C'est la première fois qu'elle voit Rebecca dans cet état. Même lors de ses habituelles envolées, même lorsqu'elles ne sont pas d'accord, Rebecca ne semble pas à vif : jamais elle n'avait déployé autant d'agressivité verbale. Et la violence est telle qu'à la fin de sa tirade, Rebecca est épuisée, vidée de toute énergie. Le visage baigné de larmes, elle n'ose même plus regarder son amie. Colette n'insiste pas :

– Bon, j'y vais. Je te laisse tranquille. Tu sais que tu peux m'appeler quand tu veux. Je suis là, au bout de mon téléphone.

Elle n'a répondu à aucun message.

N'a pas décroché son téléphone.

Même pas lorsque Anna ou Solal l'ont rappelée en fin de journée.

Elle n'est pas allée rejoindre Colette et les autres au restaurant.

N'a pas allumé la radio, ni sa tablette.

Et toujours les larmes. Et toujours l'angoisse. Profonde. Intense.

Inlassablement, elle égrène les pertes : un sein, des cheveux, des cils, des sourcils et autres poils, un peu de dignité et d'autonomie, beaucoup de vitalité, le sommeil, sa féminité...

La déflagration...

Encore et encore.

La liste des disparitions pourra-t-elle être exhaustive un jour ? Va-t-elle encore s'allonger un peu plus avec le traitement hormonal ? Elle en a lu des commentaires sur ces autres femmes passées par là avant elle. Elle en a entendu des histoires horribles. Évidemment, les poils finissent par repousser. Bien sûr, il existe des femmes qui ne subissent aucun des symptômes annoncés, ou très peu. Qui poursuivent le cours de leurs vies sans trop de heurts. Peut-être, fera-t-elle partie de ce petit nombre d'élues. Aura-t-elle cette chance ? Comme elle en a eu en déclarant son cancer du sein à cinquante sept et non à vingt cinq ou à trente ans.

Chance. Voilà un mot saugrenu lorsqu'il est question de cancer. Pourtant, elle est plus chanceuse que sa mère ou celle de Sébastien, plus chanceuse que la plupart de ceux qu'elle a croisés dans les couloirs des hôpitaux lors de ses séances de chimio ou de radiothérapie. Elle se sent alors un peu comme une rescapée d'un grave accident de la route. Partagée. Entre traumatisme et soulagement.

Elle repense à son échange avec Colette. Au départ précipité de Sébastien qui a compris dès qu'il l'a vue assise dans la cuisine que ce n'était pas une bonne journée. À cette colère et cette lassitude qui se sont abattues sur elle d'un coup. Et à ce que son amie lui a dit. C'est vrai qu'elle avait parlé de yoga, d'acupuncture, de psy, de méditation, de natation. C'était tout au début. Elle venait de couper ses cheveux. Peut-être qu'elle pourrait. Peut-être est-ce le moment ? Elle prend sa tablette, et cherche. Passe des noms de psychiatres aux salles de yoga. Des horaires d'ouverture des piscines aux maillots de bains « spécial cancer ». Aura-t-elle suffisamment de cran et d'assurance pour exhiber ce corps abîmé ? Arrivera-t-elle à nager avec un sein en plastique ?

Elle s'imagine dans la cabine exigüe de la piscine où elle avait l'habitude d'aller, passer sa prothèse de son soutien-gorge à un maillot de bain, puis l'inverse, en sortant de l'eau. Angoisse.

Le glissement de l'eau sur son corps. Bien-être.

Le regard des autres sur elle. Angoisse.

La piscine n'est pas une bonne idée.

Elle abandonne.

Revient au yoga. Pense aux séances bloquées chaque semaine. Aux rendez-vous réguliers chez le psy. À ces journées si différentes de celles qui étaient les siennes avant.

Avant.

Lassitude. Fatigue. Colère aussi.

Elle revient sur les pages des psys.

Note quelques numéros.

Regarde de nouveau les horaires et salles des cours de yoga.

Note deux adresses.

Elle pose sa tablette. Prend son téléphone. Lit les messages reçus. Ne répond pas. Se lève. Se sent lourde, raide. Se remet à pleurer. Dans la salle de bains, elle se brosse les dents sans même se regarder dans la glace. Elle ne veut pas revoir les marques, ne veut pas constater de nouveau les disparitions.

Demain ça ira mieux.

Le lendemain, Rebecca ne va pas mieux.

Le surlendemain non plus. Ni le jour d'après...

Elle ne parle à personne. Ne voit personne. N'appelle pas pour rencontrer un psy, ni pour prendre des renseignements sur les cours de yoga.

Tous, à leur façon tentent de la sortir de sa retraite sans succès.

Anna laisse un message pour demander à sa mère de l'accompagner à sa première échographie.

Solal lui propose de venir visiter l'appartement dans lequel lui et Barbara vont emménager ensemble.

Colette lui dit qu'elle a rencontré quelqu'un qui lui a parlé d'un lieu où pratiquer le yoga, peu connu et a priori vraiment agréable avec de très bons enseignants.

Pas de succès.

Plusieurs fois, ils envisagent d'aller la chercher. De se rendre tous ensemble chez elle comme ils l'avaient fait le soir où elle rentrait de sa première chimio. Comme une brigade d'intervention d'urgence.

Puis, ils décident de laisser le temps faire son travail.

De faire confiance à Rebecca. Elle a su faire appel à eux lorsque c'était nécessaire. Alors si elle décide de cette retraite, c'est qu'elle en a besoin par-dessus tout. Plus que d'être là pour une échographie, une visite d'appartement ou un cours de yoga. Plus que d'être avec ses proches et de partager. Elle a besoin de ce temps de solitude. Elle a besoin de se retrouver. Peut-être même de se trouver ? De savoir qui elle est à la fin de cette traversée.

D*e* : *sebcestbien@gmail.com*
À : *rmaier@gmail.com*
Objet : *En toute intimité, saison 3*

Rebecca,

Je t'ai quittée au matin. Tu as exprimé le besoin de te retrouver et d'avoir un peu d'espace. C'était il y a deux jours. Depuis, le silence s'épaissit.
J'ose à peine l'écrire car je me doute que c'est le cadet de tes soucis, mais quand même : tu me manques. Alors, si toi, tu ne veux pas parler ni écrire, je vais le faire. Et pour ne pas envahir ton espace au moment où tu as besoin d'air, je reprends le fil de notre conversation par mail.

Ces derniers mois, tu m'as progressivement laissé entrer dans ton cercle de proches, passer du temps auprès de toi, me frayer une place dans ton intimité. Une place qui, tu me l'as dit, était vacante depuis ton divorce. Et je suis touché... Et aussi un peu conquis.

J'adore ton indépendance, ton amour inconditionnel pour tes proches, et tout ce que nous avons pu partager... À tes côtés, ma vie a plus de saveur.

J'espère que ton silence ne durera pas trop longtemps et que nous pourrons de nouveau passer du temps ensemble. En attendant, je continuerai à t'écrire de temps en temps pour te donner des nouvelles.

Je t'embrasse,

Ton toujours dévoué agent,

Sébastien

De : sebcestbien@gmail.com
À : rmaier@gmail.com
Objet : En toute intimité, saison 3

Rebecca,

Deuxième semaine de silence. Je m'interroge, mais je ne crois pas que tu puisses disparaître de ma vie sans m'en informer. Ce n'est pas toi. J'imagine donc que tes forces sont mobilisées autour de ta *reconstruction et je ne peux que respecter cela, compte tenu de ce que tu as traversé ces derniers mois.*

Je t'avais dit que, même en l'absence de réponse de ta part, je continuerais à t'écrire. Me voilà donc.

Je t'ai parlé de mon fils et de sa petite famille mais je ne sais plus si je t'avais parlé de son âme de voyageur et de leur congé sabbatique avant leur mariage, entre l'Indonésie et l'Inde... Depuis, sa carrière et celle de son épouse ont pris leur envol, ils ont eu leurs deux enfants et figure-toi qu'ils ont de nouveau la bougeotte ! Cette fois, leur projet est de partir en famille en bateau et de traverser l'Atlantique, jusqu'à la mer des Caraïbes. J'en suis resté sans voix pendant un long moment. De qui tient-il cet esprit d'aventure ? Certainement pas moi qui ne suis jamais de ma vie parti avec un sac à dos... Et son épouse ?

Quoiqu'il en soit, ils m'ont fait promettre de les rejoindre lors d'une de leurs escales. Depuis, je réfléchis et j'avoue que je me laisserais bien tenter. Que ferais-tu à ma place ?

Je t'embrasse tendrement,

Sébastien

PS : Toi et ton être tout entier me manquez toujours terriblement.

Elle n'y arrive tout simplement pas. L'énergie lui manque pour passer à l'acte. Elle a envie de leur répondre, de leur dire qu'elle est là, qu'elle va bien, enfin aussi bien que possible. Qu'elle a juste besoin d'être seule. De s'abandonner à cet état. Qu'elle sent que c'est un passage obligé. Que ça fait partie du parcours. Même si elle pleure presque tout le temps. Même si elle est traversée par une colère dont elle ne soupçonnait pas l'existence en elle. Ils n'y pourraient rien changer. C'est ainsi. Comme une partie du traitement.

Mais elle ne parvient pas à communiquer. Avec aucun d'eux. Ni par écrit, ni à l'oral.

Court-circuit.

Le silence s'impose à elle. Enfin, le silence vis-à-vis des autres, car dans sa tête, l'histoire est toute autre. Il règne un vacarme considérable qu'elle n'arrive pas à dissiper. Colère. Lassitude. Épuisement.

Rebecca se sent perdue. Elle ne sait plus qui elle est. N'a envie de rien. Elle prend son livre et réalise qu'elle tourne les pages sans comprendre ce que ses yeux parcourent. Son esprit est ailleurs, perdu dans le dédale de ses pensées. L'image de la boule de flipper lui revient à l'esprit.

Cling cling. Un sein en moins.

Cling cling. Elle n'est plus une femme.

Cling cling. Cette fatigue ne la quittera jamais.

Cling cling. Elle ne mènera plus jamais la même vie.

...

Elle se souvient de cette conversation avec Colette, lorsqu'elle avait dit à son amie qu'elle était la même, juste avec un sein en moins. Qu'elle voulait qu'on continue à la regarder de la même façon. Elle sent aujourd'hui que ce ne sera plus jamais comme avant.

Avant.

Ce petit mot si lourd de sens.

Avant quoi ?

Avant cette année fatale.

Avant son cancer.

Avant ses traitements.

Avant qu'elle ne perde une part de sa féminité.

Avant qu'elle ne sache plus qui elle est.

Avant qu'elle ne se sente vulnérable.

Avant que sa vie n'explose en plein vol.

Avant.

Deux semaines.

Un léger mieux. Elle met du rouge sur ses lèvres et sort. Un petit tour dans le quartier et retour. Elle est épuisée, mais l'esprit est un peu moins brumeux.

Encore une semaine.

Puis trois autres jours.

Elle est vivante. Ses mouvements sont plus aisés. Son esprit plus léger. Elle allume même la radio et chante sous la douche. Elle n'avait pas chanté depuis... Depuis quand ? Tout en s'habillant, elle réalise tout le temps qui s'est écoulé sans qu'elle ne donne de ses nouvelles. Elle relit tous les messages qu'elle a reçu. Émue. Elle va les appeler. Aujourd'hui. Elle va aussi prendre rendez-vous chez un psychiatre. Et s'essayer au yoga. Rendre visite à son coiffeur pour retrouver forme humaine. Et peut-être qu'avec tout ça elle se sentira de nouveau bien. Probablement pas comme « avant » mais bien.

    Revenue à la vie.

Elle a dîné dehors avec Colette. Rendu visite à Solal et à Barbara dans l'appartement où ils ont emménagé durant ses semaines de silence. Admiré l'échographie de sa future petit-fille avec Anna et Léonard – Évidemment, c'est une fille. Parlé longuement au téléphone avec Sébastien avant de le rejoindre chez lui.

Et tous l'ont accueillie. Sans questions ni commentaires. Une condition qu'elle a imposée au préalable et qu'ils ont tous respectée.

La vie reprend son cours.

Certains jours, l'énergie n'est pas au rendez-vous.

D'autres, elle ne reconnaît pas son corps.

D'autres encore, elle se sent en colère.

Combien de temps avant de se retrouver ?

Combien d'années pour que celle qui vient de s'écouler soit réellement derrière elle ?

Combien de visites et d'échographies de contrôle pour ne plus se sentir en danger ?

Et si, finalement, elle n'était plus jamais elle-même, changée pour toujours ?

Évidemment, toutes ces questions, elle les évoque avec le psychiatre qu'elle a commencé à voir chaque semaine. Et elle est impressionnée de voir ce qui « sort d'elle ». Tout ce qu'elle arrive progressivement à exprimer. Colère, angoisse, souvenirs, peurs. Des sentiments qu'elle avait gardés à l'intérieur d'elle-même et dont elle ne soupçonnait même pas l'existence.

Emportée par le mouvement, par la vague...

Le yoga l'aide aussi. D'une autre manière. Une forme de lâcher prise, qui lui permet de ressentir l'énergie qui circule dans son corps. Ce corps qui ne lui appartenait plus durant toute cette épreuve, palpé, opéré, scanné, repalpé, par les médecins, chirurgiens et autres manipulateurs. Ce corps qu'elle habite et qui lui semble pourtant si étranger.

Grâce à cette nouvelle routine, Rebecca arrive de nouveau à vivre les instants présents comme ils viennent. Un rythme régulier qui s'est installé en douceur pour l'aider à refaire surface. Tout doucement. Progressivement.

ELLE NE RESPIRE PAS. Depuis quinze jours, elle attend. Cette même peur au ventre. Comme si c'était hier. Le premier contrôle médical depuis la fin de la traversée.

Et c'est reparti. La salle d'attente qu'elle connaît par cœur, avec ses femmes enceintes épanouies. D'abord la mammographie. « Madame Maier ». Le vestiaire, la salle froide, les plaques qui font mal. « Ne respirez plus », « respirez », « c'est bon ». Puis l'échographie, l'attente allongée sur le papier, la pénombre, les images sur l'écran, le gel glacé... « Tout va bien, Madame Maier, vous pouvez vous rhabiller ».

Tout. Va. Bien. Inspiration. Expiration. Sensation de légèreté.

Tout. Va. Bien. Soulagement total.

Dans la cabine, elle se rhabille, le sourire aux lèvres et repart, le dossier sous le bras.

Elle n'avait prévenu personne. Elle sait pertinemment que tous l'auraient soutenue, mais aucun d'eux n'avait le pouvoir de la rassurer. Alors, elle a préféré affronter seule ces examens. D'ailleurs, elle a sa séance de yoga en fin d'après-midi pour la remettre d'aplomb après tout ce stress.

Ce n'est qu'une fois dehors que Rebecca prend son téléphone et envoie le même message à tout le monde : « Tout va bien, je sors de mon premier bilan de santé. Joie ! ».

À peine a-t-elle cliqué sur « envoi », le téléphone de Rebecca sonne. C'est Anna qui l'engueule, comme elle-même aurait engueulé Sonia. Comment pouvait-elle de nouveau les tenir au courant a posteriori ? Et qu'aurait-elle dit si elle-même en avait fait autant et ne lui avait pas communiqué les dates de ses échographies ?... D'ailleurs, demain, pendant que Rebecca a rendez-vous avec son médecin, Anna aura son dernier rendez-vous de suivi avec son obstétricienne.

Alors, de nouveau, une fois qu'elle a raccroché et rassuré sa fille, Rebecca plonge dans ses souvenirs. Impossible de faire autrement. Mais cette fois, elle sourit. Elle allait peut-être même parler reconstruction avec son médecin... Elle n'est pas sûre d'être prête, mais rien ne l'empêche de parler des différentes options.

Reconstruction. Réparation. Renaissance.

SEBASTIEN

Tes mails me manquent...

Ton être me manque.

Rendez-vous ce soir, même heure, même lieu ?

Impatience...

Sébastien vient d'arriver lorsque le téléphone de Rebecca sonne. Sur l'écran, s'affiche « Léonard »... Les battements de cœur de Rebecca s'accélèrent : Anna est sur le point d'accoucher, ils viennent d'arriver à la maternité. Sa fille va être mère à son tour. Rebecca ne tient pas en place. Sébastien leur sert à boire, ils ont tant de bonnes nouvelles à célébrer et la soirée promet d'être bien longue.

Ils trinquent à la vie. Celle de Rebecca qui sera bien plus longue qu'elle ne l'aurait été si elle avait subi cela il y a quelques années. Celle d'Anna et Léonard, qui est sur le point de changer, de la plus belle des façons. Celle de ce petit être qui est en train de naître... Rebecca se souvient de ce moment de sa vie – quelle femme ne s'en souvient pas – alors qu'elle venait d'accoucher de sa fille aînée. Elle se souvient que c'est précisément là qu'elle a oublié qu'elle était autre chose qu'une mère. Se dévouant corps et âme à sa nouvelle mission, protéger ses enfants et les guider tous deux jusqu'à leur envol. Se répétant chaque jour qu'elle ne devait pas les couver comme l'avait fait sa mère avec elle, mais leur donner les moyens de voler de leurs propres ailes...

Ça, et le cancer du sein, ce double héritage dont elle avait enfin la sensation d'être délivrée. Malgré les pertes et disparitions. Alors, elle trinque avec Sébastien. Partage avec cet homme qui a trouvé une place dans sa vie un moment de bonheur. Oubliant les pertes, les tracas, le corps abîmé, l'esprit fatigué.

Au moment de se coucher, Rebecca pose son téléphone sur sa table de nuit, de façon à pouvoir décrocher à la première vibration. Et au milieu de la nuit, Léonard appelle de nouveau : la petite est née, tout s'est bien passé, Anna va bien et se repose. Rebecca pourra venir les voir dès midi le lendemain.

Alors, pour la première fois depuis bien longtemps, Rebecca se blottit dans le creux de l'épaule de Sébastien et s'endort profondément.

3,100 kilogrammes. 49 centimètres.

Anna a à son tour respecté la tradition familiale et donné à sa fille un prénom d'héroïne de roman. Et elle a choisi la Zazie de Raymond Queneau. Cette petite fille curieuse et délurée au caractère bien trempé qui voyage à la découverte de Paris. Transmission.

Rebecca la regarde à travers son berceau transparent. Sa petite-fille dort. Sa bouche rose ornée d'un grain de beauté. Ses poings minuscules fermés comme s'ils gardaient un précieux trésor. Elle a déjà beaucoup de cheveux bruns. Sa peau est blanche, presque translucide. Ses pieds sont longs et d'une finesse extrême... Anna et Léonard ne la quittent pas des yeux.

Solal est venu avec Barbara, Colette avec Bruno et Rebecca avec Sébastien. Ils sont tous là, tels les bonnes fées penchées au-dessus de ce tout petit être qui ouvre ses yeux pour la première fois.

Et Rebecca ne peut s'empêcher de penser à quel point cette année a bouleversé leurs vies. Les montagnes russes. Pour le pire et pour le meilleur. Et de réaliser que s'il y a une chose que la déflagration n'a pas emporté, c'est l'amour qu'ils se portent et qu'ils ont su faire grandir et évoluer malgré toutes ces turbulences.

UNE NOUVELLE ROUTINE. Entre les séances de yoga pour dénouer le corps, le cabinet du psychiatre pour tenter de répondre à toutes les questions soulevées au cours de cette traversée, les visites à sa petite-fille pour faire le plein d'amour et de câlins, les cafés avec Colette pour rester au fait des derniers potins, les dîners avec les amis pour continuer à rire et les moments avec Sébastien pour le plaisir... Rebecca en a fini avec sa grande solitude. Les échanges sur les réseaux sociaux servent désormais à établir les rendez-vous.

Elle guette les journées où elle pourra être seule chez elle. Et souvent, lorsque cela se présente, au dernier moment, un imprévu l'en empêche. Imprévu qui prend, la plupart du temps, les traits de sa petite-fille... Et Rebecca ne refuse jamais.

Dans les rares moments de solitude qui lui restent, elle ne peut s'empêcher de penser à la violence de ce qu'elle a subi. À ce corps qui doit encore attendre avant d'entamer une éventuelle reconstruction. Ce corps en jachère depuis plus d'un an et encore au moins pour six mois d'après son médecin. Elle le regarde toujours avec beaucoup de distance. Comme s'il n'était pas tout à fait sien. Malgré le yoga, malgré les caresses de Sébastien, malgré le psychiatre... Est-ce réellement une question de temps ? Est-il possible de se sentir de nouveau *dans son corps* après tout cela ? La reconstruction n'est-elle pas une utopie ?... Et si l'on ajoute à cela les crampes dans les jambes, les troubles du sommeil et de l'humeur, les douleurs musculaires et articulaires, tous ces effets indésirables liés à l'hormonothérapie, l'idée de se retrouver et d'être la même qu'avant semble d'autant plus irréaliste.

Mais elle est en vie. Elle a changé, certes, mais pas tant que ça, vu de l'extérieur. Et elle peut profiter de chacun de ses instants de vie et de ceux qu'elle aime. Donner encore de l'amour et même en recevoir. D'ailleurs...

SEBASTIEN

Rendez-vous ce soir, chez toi cette fois ?

J'allais t'écrire :
il faut que l'on se parle.

Soudain, la peur...

Tremble, frissonne...
Je t'attends avec un Sancerre
pour tempérer mes annonces.

Elle ne se regarde pas dans la glace en sortant de la salle de bains. Elle n'inspecte plus son corps. Elle en a fini avec cette routine. Ne veut plus compter les pertes et les disparitions. Alors, elle se parfume, enfile son jean, un top noir, un blouson, sa paire de derbies. Et c'est seulement à ce moment qu'elle se regarde des pieds à la tête, met du rouge à lèvre, se recoiffe. Constate que ses cheveux ont poussé et n'ont plus de forme. D'ailleurs, elle va prendre rendez-vous chez son coiffeur pour les recouper. Elle se sent bien finalement avec cette coupe à la garçonne. Un dernier regard et elle est partie.

À peine arrivée, elle sent que Sébastien n'est pas dans son assiette.

Il leur sert un verre. Chez lui, elle s'assied toujours dans le même fauteuil, un Chesterfield qu'elle adore. C'est le seul siège sur lequel elle peut se tenir assise et droite. Tous les autres sont quasiment au raz du sol et la seule position possible à adopter est une posture de total abandon... Elle est donc dans son fauteuil préféré alors que Sébastien ne s'est pas assis. Il est là, debout, à se dandiner d'une jambe sur l'autre, comme le faisait Solal lorsqu'il était jeune. Toutes failles apparentes... Elle tente de le mettre à l'aise. Elle peut tout entendre. Ça ne peut pas être pire que « vous avez un cancer du sein, si ? ». Alors, il se lance.

Il a pris une décision. Toutes ces vies chamboulées par son cancer l'ont bouleversé. Il est heureux d'avoir fait partie de ce cataclysme. Il a réalisé à quel point la vie tient à un fil. Leur rencontre lui a offert ce regard frais qu'il avait perdu. Lui a rappelé sa relation avec sa mère. Et là, avec son fils parti en bateau, il se dit que c'est le moment. Qu'il doit aller les voir. Faire un bout de voyage avec eux, mais aussi tout seul. Alors, il se donne un mois pour tout organiser et prendre un aller simple. Son fils parti, elle est son seul point d'ancrage ici, et bien sûr, si elle veut venir le rejoindre à un moment, ce serait parfait. Voilà.

Rebecca ne l'a pas interrompu. Elle n'a pas bougé d'un cil. Sous le choc. Elle boit une gorgée de vin. Le regarde de nouveau. Il est toujours debout, comme un candidat qui vient de soutenir son mémoire.

– Alors ? Tu comprends ? Oui ? Non ?

Elle prend son temps. Inspire « Evidemment, tu as tout à fait raison, c'est le moment. C'est la meilleure décision que tu pouvais prendre. » Elle le rassure, elle va bien, peut-être le rejoindra-t-elle à un moment ou un autre. Elle rêve depuis longtemps de se baigner dans la mer des Caraïbes. En attendant, elle a tellement adoré ces moments où ils s'écrivaient, elle a presque hâte de recevoir les premiers mails. De toute façon, ils ont encore un mois pour profiter l'un de l'autre...

QUATRE MOIS PLUS TARD.

7 heures 30. Rebecca allume la radio, se lève, met sa bouilloire en marche et une tranche de pain dans le grille-pain. Elle s'assoit à la table de la cuisine, étale du beurre sur ses tartines, regarde les nouvelles sur son téléphone, boit son thé. Puis elle se dirige vers sa chambre, choisit les vêtements qu'elle va porter, se douche, se parfume, s'habille, se maquille, ébouriffe ses cheveux qu'elle porte toujours courts. Laisse volontairement traîner quelques objets sur les rebords du lavabo et de la baignoire. Une fois ces gestes accomplis, Rebecca est prête pour sa journée. Alors, elle prépare de nouveau du thé, prend son livre, son téléphone et s'installe dans son fauteuil. Aujourd'hui, elle n'a pas de séance de yoga, pas de rendez-vous chez le psychiatre, ni de visite de ses enfants ou de sa petite fille. Elle regarde son téléphone. Un mail de Sébastien l'attend. Elle se délecte à l'avance de ses mots. Peut-être que

plus tard, elle ira prendre un verre avec Colette ? Ou Solal ? Peut-être qu'elle restera seule et appréciera les heures qui filent...

Fin.

MERCI à mes premiers lecteurs, mes premiers fans pour leur soutien et leurs encouragements. Sans leur regard et critiques, ce livre n'existerait probablement pas.

MERCI aussi tous les médecins, infirmières et infirmiers, pour leur professionnalisme et humanisme à toutes les étapes de cette maladie qui tient du marathon, aussi « petite » soit-elle.

MERCI à ma famille, qui, comme toujours, est présente dans les bons et les mauvais moments.

Et, last but not least, MERCI à mon fils. Point.